人生十人十色5

「人生十人十色5」発刊委員会・編

文芸社

目次

お守りコ・ト・バ

青島　美保

私には大切にしている言葉がある。何年も前になるが「利家とまつ」という大河ドラマの中で利家の妻であるまつが何か問題が起こるたびに自信満々に必ず言う言葉があった。

「わたくしにお任せくださりませ」

この言葉は後に私の心の中での大切なお守りになる。

息子が大難産で生まれ私も息子もその時、生死を彷徨った。主人は真夜中に担当医師に呼ばれ説明を受け人生で初めて震えながら輸血の用紙にサインしたらしい。医師から覚悟をしてくださいと告げられ不安の中ただただ廊下で祈ったそうだ。

息子は帝王切開でこの世に誕生し当時まだ肺ができていない状態だったため、自発呼吸ができなかった。私と同じく息子も小さな体で生死を彷徨い闘った。私たち親子はこの時から何か問題が起きるたびに一緒に闘う戦友のような絆を持っていた。このころの私は弱かった。精神的にも体力的にも弱かった。しかしこの時体験したこの出来事のおかげで私は強くなりたいと、生まれ変わりたいと思ったのだ。どんな時でも主人や娘や息子を全力で守る存在であろうと入院中ベッドの上で誓った。

神様は時に残酷な試練を与える時がある。誰かが言っていた。

「試練というのは、乗り越えられない人には訪れないいんだよ！」

と。そんなことあるかいな……。とよく思ったものである。

そしてまた一難去ってまた一難。半年ほどすると息子に異変が起きる。危険なウイルスに感染し入院先の病棟で今夜を乗り越えなければ息子さんは……と説明を受ける。どうしてきた……。なんで……。毎日の病棟通いにも疲れが出てきて少し弱い私が顔を出す。帰りの車で何度も泣いて自宅に着く前には何でもない笑顔で

「ただいま〜〜〜！　今日も頑張ってたよ！　元気だったよ！」

と嘘をつく。毎日様子を聞きたがる娘にニコニコ笑顔で私は弟の話をする。泣くな、泣くな。ギリギリだった。心が壊れそうだった。でもこのころから何故だろう、あの大河ドラマの、まつの言葉が頭の中にいつも浮かぶようになった。

「私にお任せくださりませ！」

自分が苦しい時、娘が壁に当たった時、主人が悩んだ時……口癖のように心の中で唱えた。声にも出してきた。こうやって弱い自分の背中を押すように、応援するように。

不思議なことが起こるようになった。本当に大変な出来事が起きても、その真っただ中に居る時は苦しくても結果オーライになることが本当に多くなった。気持ちの持ちようなのか。はたまた言霊か。なんにせよ乗り越えられる気持ちがどんな時でも、勝る。

一番辛かったあの時も。一瞬負けそうになったがあの言葉で私は乗り越えてきた。

それは息子がようやく同じ学年の子になんとか成長が追いつき始めたころだった。六歳目前。息子に異変が起きた。いまだに何がきっかけだったのか分からない。原因も分からない。突然におかしなことを言い始めた。

「お母さん、お箸が怖い。お箸でお友達刺しちゃうのが怖い……」

何を言っているのか意味が分からずただ私は驚き、叱ってしまった。

「そんなことしたらいけないのになんでそんなこと言うの？　考えるの？　おかしいよ？」

この日を境にどんどん壊れていく息子。

園の帰り道、夕焼け空を見ては両手で目を覆う。

「空が血だらけだ……」

そう言って泣き出す。自宅でも連日のように「お母さんとかお姉ちゃんが死んじゃえばいいいって思っちゃう。なんでだろう。僕おかしい。苦しい」

そう言って取り乱す。暴れる。私はどうしたらいいのか、精神病？　そんな不安が頭をよぎる。何軒も小児科に行ってみたが親身になってくれる先生には出会えず、分かったことは一つ。

「これは強迫性障害というものです」

まさに青天の霹靂。なんだそれ。聞いたこともない。なんで息子が……。私のせい？　園で何かあった？　どうすることもできないまま月日だけが流れる。私の中のあの言葉がすっかり隠れてしまっていた。私は医者じゃない。何にもできない。日に日に息子は食事さえ摂れなくなっていった。息子が私に訴えてくる。「頭の中に悪いやつが悪いことをしろって命令するんだ。僕はしたくないのに。お母さん……苦しくてお腹が空かない。お母さん助けて……」

そう言って泣き出す。

私はやっと気が付いた。大丈夫だ、今までも必ず結果オーライでやってきたじゃないか。医者じゃないけど私は母親だ。私は逃げることなんてできない。

「大丈夫よ。お母さんが悪いやつ消してあげるからね。絶対に」

その日から毎日あらゆることを試した。子供だましだが駄菓子屋で「梅ミンツ」というラムネ菓子を買ってきた。それをお薬の袋に入れて息子にこう言った。

「見て見て！　いいお薬貰ったよ！　これね悪いやつを消しちゃうお薬なんだって。毎日三回しっかり食べてやっつけよう！」

簡単ではなかったが一進一退、闘った。私たちは戦友だ。息子も心の中の悪魔と闘っている。どれほどの恐怖だろう。小さな体で目に見えない不安と闘っている。私は怖がっている場合じゃないんだ。必死だった。一人で頑張らないで周りにも説明してお友達のママさんたち、先生、両親、家族、みんなで闘った。

あるとき主人が言った。

「ママは大丈夫って前向きに進んでいる時、絶対大丈夫になるよね。だから大丈夫。きっと時間は掛かるかもしれないけど元通りのあの子に戻るよ！　そんな気がするんだ。信じよう！」

この主人の言葉が今でも忘れられない。いつもピンチの時は私が守らなくては、しっかりしなくては……そう自分に言い聞かせてきた。でも主人の言葉に思った。私が頑張れるのはこの家族の信頼があるからだ。そして守りたいものがあるから。

息子が元の元気な息子の姿を取り戻すまで二年ほど掛かった。その間に卒園もしたし入学もした。しんどい時も山のようにあった。息子だけじゃない。娘もこの二年間、色々な壁にぶつかってもがいてきた。

今息子は中学三年生。受験生だ。思い返すと小学三年生のころくらいからおかしな言動も行動もすっかり消えていた。もちろん長い闘いだったが今となっては思い出だ。二度と経験したくはないが経験したからこそ家族は絆を深め、仲間の大切さを学んだ気がする。

そして今もこうして生きている。沢山の経験が自分の人生の一つ一つとなって刻まれている。そして今日も私は心に大切なあの言葉をしっかり持っている。この先何が起きても私はこう言うだろう。

「大丈夫。私にお任せくださりませ！」

人生はとても長い。色々なことが起こるからこそ人生は面白い。あの時あんなに苦しく辛かったのにこうして今は思い出になっている。

息子よ！　娘よ！　夫よ！

この先何が起きても大丈夫。私にお任せくださりませ！

憧憬

みわ　はるか

　里芋を箸でうまくつかむことができず、テーブルの下に落としてしまった。それに気づいた七十才をとうに超えているだろう食堂の店主が、新しい煮物の小皿と取り換えてくれるそぶりを見せた。わたしは小さくほほえんで丁寧に手を横にふった。その必要はないことを伝えるためだ。自分のミスとはいえ心の中で舌打ちをしたい気分だった。ここの煮物は本当に美味しい。まして、里芋はわたしの好物でもあった。ふぅーと小さくため息が出た。隣の大学生らしいグループも煮物付きの定食を食べていた。きゃっきゃきゃっきゃっと夕食の時間を過ごしている。同じく里芋に苦戦しているようだが、あのヌメヌメとした箸でつかめない感覚さえも楽しんでいるように見えた。箸が転んでもおかしい年頃という言葉があるが、彼女たちはみんなでこうして集まれている時間が心底楽しいのだろう。わたしは年を重ねるごとにそんな感情をどこかに置き忘れてきてしまったようだ。

考えることが増えた。特に三十才を超えた辺りからぐっと押し寄せてきた気がする。自分の仕事の方向性、両親の老い、古びた実家の家のこと、そしてたまに本当にたまに結婚をしたという事象のこと。昭和感あふれる、少し古びたその食堂で、ぼーっとテレビを見ながら一人考えてしまう。わたしは長女なので心から頼れる人はいない、気がする。だからいつもぐるぐると自分の中で問いかける。どうする、わたし、どうしたい、わたしって。夫とは二人暮らしで相談にはのってくれるけれど、やっぱりそれはこちら側の問題で受け止めるエネルギーが違ってくる。お互い様ではあるけれど。大人って難しい。

実家には父が一人で暮らしている。ものすごく田舎なのでスーパーや金融機関、役所などといった場所に行くのに車は欠かせない。料理や洗濯はきちんとするし、物の整理整頓は得意なのだが、掃除全般は苦手だ。帰省するとわりと大きなほこりが落ちていることも珍しくない。リフォームこそ所々はしてあるが、築年数がだいぶ経っているので冬の隙間風は身に染みる。建付けが悪い扉もある。物置になってしまっている昔のわたしの部屋。外で飼っている犬は元気がよく、好きなように庭を走り回る。そのため、きれいに引きならした砂利はあっという間に首輪から繋がる鎖に持っていかれ下の土が顔を出す。なんともみっともない庭になってしまっている。母屋の隣にどしっと立っている蔵の鍵を最後に開けたのはいつだっただろうか。

田舎の大きな家。お正月やお盆には親戚みんなで食卓を囲み笑い声が響き渡っていた。

家中を走り回った。障子は幾度となく穴が開けられ何度も張り替えさせられた。友達もたくさん遊びに来てくれた。ゲラゲラ笑って、それを楽しそうに見ている大人のことをちらっといつも横目で見ていた。夏には大量の手持ち花火を買ってきてくれた。打ち上げ花火ほどの迫力はなかったが、家族みんなで一斉に火をつけたそれらは、元気よく鮮やかな色でわたしたちの目を楽しませてくれた。たった数秒間なのだけれど、どうせ消えてなくなってしまうのだけれど、あのワクワクした胸の高鳴りは今でも忘れられない。後に、炎色反応でどうのこうのと化学の授業で習ったが、知らない方がよかったなと心底思った。食卓、自室、トイレ、お風呂、客間。それぞれの用途で明かりが夜になると灯った。各々が何をしているかは知ろうともしなかったけれど、そこに存在しているということが分かっているだけで安心だった。

そんな家に今はぽつりと父一人。一人分のご飯を作る、自分のためだけにお風呂を沸かす、回す回数が少なくなった洗濯機、今日一日にあった出来事を話す相手は愛犬のみ。寂しいとか、悲しいとかそんな感情で埋め尽くされてしまっているのではないか。この家は何か大きな魔物のようなものに飲み込まれてしまうのではないかと危惧していた。そんなことを考えていると、なんとなく実家から足が遠のいてしまった時があった。一人で住まわせてしまっていることに対する罪悪感、一人で生活している所を見ることへの抵抗感がわたしをそうさせてしまっていたのだろう。が、しかしそれは半分以上がわたしの杞憂だったのだ。

最近ちょこちょこ帰ることでたくさんの事実を知った。父は悲劇の主人公なんかでは全くなかった。今ある状況で存分に、めいっぱい人生を生きていた。朝は五時には起きてまずはストレッチ体操をたっぷり四十分間、その後朝日を浴びながらの愛犬の散歩、帰宅後は魚をコンロで丁度いいくらいに焼き上げ、納豆とともにご飯を食べる。洗い物までしっかりした後は、晴れていたら好きな大工仕事のような外作業、雨ならばいつもより長めに新聞に目を通したり、パソコンに向かってなにやら事務作業、夜は定期的に水泳教室や大学時代の友人とズームチャットを楽しんでいる。特に大学時代との友人との交流は、同じ学部だったためか共通点も多いようでガハハガハハと大きな笑い声が家中を駆け巡っていた。やりたいことが多すぎて時間が足りない足りないと事あるごとにつぶやいた。環境が変わったらそれに合わせて自分のやりたいことを進めるだけだと。運命に従って生きていくと。

人との接し方や距離感は難しいけれど自分が相手を受け入れる気持ちでいれば結構うまくいく、時代の変化とともに学び仕事をしてきたことは割と楽しかった、ストレスという言葉は自分には無縁だったかもしれないな、できないことや馬が合わない人が出てきたらこんちくしょうと思って過ごしていた。わたしの心の中を知ってか知らぬか、急に話し出した。それはなんだか、箇条書きにされた文章をつぶやいているみたいで不器用な物言いだった。明日からは朝のストレッチメニューの内容を増やすんだと白い歯をのぞかせて宣言した。それは、「生きる」ことを最後まで楽しもうとする姿だった。

「終活」という言葉が世をにぎわせているけれど、毎日の繰り返しや自分がこれだと思えることを追求していく姿はキラキラと眩しい。そういう人は本当に輝いている。時にはあの里芋のようにうまく箸でつかめずイライラしてしまう時があるかもしれない。でも、それ自体を楽しんだり、時間をかけて箸でつまんだり、最終手段は箸を上からさしてそのまま口に運べばいい。少しお行儀は悪いけれど。

実家を後にして、自宅近くの高速道路から一般道に降りた。今自分が最も住み慣れた故郷ではない街が見えてきた。一筋の涙が頬をつたう。それでもわたしの目は真っ直ぐ前を向いていて、力強くハンドルを握っていた。淡い水色の美しい青空がどこまでも広がっていた。

一人十色

篠塚　麒麟

【私は男だ】

一九八四年二月二十二日。雪の降る日。私は元気な女の子としてこの世に生まれた。気弱で引っ込み思案な人見知りの私はとにかく泣き虫で、幼稚園のバスが怖くて毎朝ギャーギャー泣いた。

そんな私は小学校にあがると、クラスメイトに馴染むことができず、やがて教室ではなく保健室に通うようになった。男子も女子も何だか自分と違う気がしていた。どちらにも入ることができなかった。

保健室登校は中学校を卒業するまで続いた。

中学校に入るとセーラー服を着ることになる。それも違和感だった。何よりも不思議だったのが登下校するときの自転車だ。私がセーラー服で自転車に乗ると、どうにも前からの風でスカートがめくれ上がってしまう。なぜ他の女子生徒はみんなあんなにも器用に自転車に乗れるのか、いつも疑問だった。

保健室登校だった私は、特に男女で分けられることもなかったため大きな不便もなく、自分の中での違和感のみで生活していた。

やがて中学校を卒業すると、通信制の高校へ進学。そこは制服がなく、登校日も月に数回、私にピッタリだった。

そしてその頃私はテレビで初めて「性同一性障害」という言葉を知る。まるで自分を見ているかのようだった。自分だけじゃない。ホッとした。しかし、そのことを誰にも言うことはできなかった。誰よりもおとなしく女の子を演じてきた私がそんなことを言っても誰も信じないと思ったからだ。

年月は過ぎていき「自分は本当は男なんだ」と両親にカミングアウトできた時には、私は三十一歳になっていた。

しかし、その時の両親の反応は想像に反してあっけないもので、「うん。そうだと思っていたよ」とあっさりと受け入れられ、男性として生きていく準備が始まった。

それから四年かけて専門外来へ通い性別違和の診断を受け、乳房の切除手術をし、男性ホルモン注射を始めた。生理は完全に止まり、コンプレックスだった声もだいぶ低くなった。男性として見られることも多くなった。まだ戸籍の改名はしていないが、保険証の名前を男性名で記載してもらっているため、病院などを含むほとんどの場で女性名を使うことはなくなり、男性として生活している。

そして二〇二一年二月二十二日、私の三十七歳の誕生日に私はXジェンダー（FTX）のパートナーとパートナーシップ宣誓をし、現在共に暮らしている。

【私の中の人々】

みなさんは『解離性同一性障害』というものをご存じだろうか？

一昔前には多重人格と言われ、ドラマや映画、マンガなどで扱われることもあるので、何となく知っている人もいるのではないだろうか。メディアではセンセーショナルに取り扱われることも多いこの障害だが、実際はどうだろうか。私の場合をご紹介しよう。

私が解離性同一性障害を発症する大きな原因となったのは、ある男性との出会いだった。二十歳になる少し前、「男とか女とか関係ない。人として好きなんだ」その言葉に心動かされた私はその人と付き合うことにした。しかし、それがその後の人生を大きく変えることとなる。

その人はとにかく肉体関係を求める人だったのだ。そしてそれを拒否すると機嫌が悪くなったり、怒り出したり、時には壁や机を殴ったり、物を投げたりした。もともと気が弱かった私にとって、それは恐怖以外の何物でもなかった。

恐怖から逆らうこともできず、やがてそのまま結婚し、娘を出産。子どもができれば何か変わるのでは、と期待していたがそんなことはなく、体を求められる日々は続いた。私にとっての救いは娘が可愛い、それだけだった。

しかしそんな娘が急病で他界した。二歳。高熱を出して二日というあっという間の出来事だった。

だがお葬式も終わらぬうちに「次の子が欲しい」そう言ってきたのだ。この人は何を言っているのだろう……。子どもが欲しいというより「セックスがしたいだけ」というのはもう明白だったはずなのに、その時の私はただただ頭が真っ白になるばかりだった。

それから数年後、変わらぬ生活の中でその人に愛人ができた。私はそれでも良かった。性の対象が自分でなくなるなら。

そんなある日私にこう言い放ったのだ。「避妊してないんだけど、愛人に子どもできたりしないよね?」その言葉で私はふと目が覚めた。この人と一緒にいたらだめだ。このままでは壊れてしまう。

そして私は逃げるように実家へ帰り、両親に全てを話し、すぐに離婚することになった。

それから実家での生活が始まったのだが、ある日母が私の異変に気付く。私が一人の部屋で誰かと会話をしていたのだ。その時母は「うちの子がついに宇宙と交信しはじめてしまった」そう思ったそうだ。だがもちろん宇宙との交信ではなく、自分の中にいる別の人格と会話をしていたのである。

その後次々と様々な人格が両親の前に現れた。リーダー的人格。泣き虫な子ども人格。オシャレが好きな人格。怒りを担う荒っぽい人格……などなど。その中にはあの男性との性的関係を身代わりになってくれていた女性人格もいた。その子の傷はきっと想像できないほどに深いだろう。その子はずっと私を守り続けてくれていた。いや、今でもそうだ。私自身でさえ気づかないストレスや苦しみに誰よりも早く気付いてくれるのがその子だ。

私の場合、最近は他の人格たちと記憶の共有ができるようになった。「やれるときに、やれる人が、やれることをやる」をモットーに私たちは協同で生活をしている。

【不完全という名の完全】

『身体完全性違和』日本にこの障害を正しく知る人は一体どれだけいるだろうか。この障害は簡単にいうと、一般的なところの五体満足な体に違和感を持ち、一部を失った状態を強く望むというもの。一見自傷や希死念慮のように思うかもしれないがそれとは違う。この障害がある者にとっては失った状態が「完全な状態」なのだ。生きるために、完全な体になりたいのだ。

私もそのひとりである。私の場合は視覚だ。

二〇一九年、右目を殴り続け網膜剥離をおこし失明した。そして二〇二一年、同じく左目を殴り続け、網膜剥離をおこした。完全失明を望み、点字を覚え、スマホやパソコンには音声補助ソフトを入れて練習した。

そんな私にパートナーは言った。「治療するってことは不完全に戻るということだから、それは怖いことだよね」と。私は、あぁここまできちんと理解してくれている人が、こんなにも身近にいたんだ、そう思った。そんなパートナーとの生活を維持したい、そう思った私は手術を受ける決心をした。

今でも完全失明を望む気持ちに駆られることがある。私はこの目が見える限り、一生この衝動と付き合っていくのだろう。


私が生きてきた三十八年間。この身に起きた様々な出来事。それらは私の人生を時に闇へと突き落とし、時に鮮やかに彩った。人生百年と言われる現代。まだ半分にも達していないひよっこの私がこれから先見るものとは……。これは真実の物語。

ある高校生が出家するまで

名無しの沙弥

三月の某日、私は出家した。出家式は三重県にある師匠の寺で厳かに行われた。私は、その日の曇り空を好意的に受け止めていた。

私は東京で生まれた。暫くして小学校への進学の関係で山梨に移り住んだため、それまで仲が良かった友人との連絡は殆ど取れなくなった。

私は小学校、中学校を自由主義的な学園で過ごした。私自身で書くのもおかしいが、それなりに働き者だったと思う。演劇やうどん作り、社会や歴史に没頭していた人間だったと思う。

私は二つの時代を簡略に回顧すれば、自分は確かにその学校で、小さくとも輝いていた。認められていたし、待遇も悪くなかった。

しかし、本当にこれで良いのだろうかと、高校進学の折から思い出し始めた。確かに輝いている。しかし、輝きはあの学校ではかすんでいた。私の周りには、強烈な人間ばかりがいた。その中には優秀な作曲家や音楽家も居たし、アーティストやジャーナリストも居た。

私もその状況に刺激を受けて、小説を書いてみたりもした。それは周りではそれなりに評価されたが、私にしてみれば私自身の才能は取るに足らないものだと思えた。彼ら彼女らはそれで食べていける才能があるかも知れない。

だが、私は？　私には何がある？

思春期共通か定かではないにせよ、そんなことばかりが脳裏を過《よぎ》っていた。いくらうどんの研究が楽しくても、うどんで食べていこうとは思えなかった。演劇も然りであった。

歴史や社会も気になっていて、政治家になろうとも真剣に考えていた。しかし、それを進路に考慮するにはあまりにギャンブル的であった。政治家に必要な三ばん（地盤・看板・かばん）があると胸を張って言い切る程の度胸はなかったようである。

そうした思いのうちに、私はある高校を知った。話を聞くに、仏教を学ぶことが出来る学校だという。

私はそれを聞いて、その学校に進学する方向に傾き始めた。他にも選択肢はあったが、私は新たなる世界に飛び出そうと思ったのだ。周りには外の世界で武者修行に行くと吹聴していたが、そこまで大層なことをしたかった訳ではなかった。ただ、彼らの中に埋没することがいやだったのだ。

入学した当初、私は息巻いていた。仏教という宗教が、どれだけ勉強するに足るものなのか。宗教学を志したいと思えるようなものなのかというのを判断するべく、仏教書を手に取った。図書室に足繁く通っては新たな仏教本を手に取っていた。

仏教という未知の世界に対する好奇心と探求心は尽きることがなかった。と同時に、学校生活における様々な課題に対しても積極的に取り組み、未経験の分野にも挑戦していった。

そうして私は忙しい学生生活の中で、読書を続けた。気付けば家には本棚が増え、そこにはあらゆる本が並んだ。ロシアの小説も読んだし、過去の思想家や宗教家の本も読んだ。図書室は常連になり、どこにどのようなジャンルの本があるのか大体把握した。いつしか読書量はクラス一、学校一になり、ベストリーダー賞を受賞した。

それくらい読んで、私の中で一つの未来が浮かび上がってきた。それこそが、私が僧侶を目指したきっかけだった。

ここで、色々な疑問が浮かび上がる。どうして、出家しようと志したのか、と。

私は仏教本を読み始めた頃、学者になろうと思っていた。中学校に居た頃も、僧侶になるのかと聞かれたとき私はその度に否定して、学者になると主張していた。実際、それは専修するに相応しいものであればという条件付きであるが、もしも仏教に携わる仕事なのであれば僧侶ではなく学者になろうと思っていた。ならば、どうして僧侶になろうと思ったのか。

　高校での生活が長くなるにつれて、僧侶に対する見方が変わってきたのである。はじめはそもそも知らなかった。次に、今の僧侶のあり方に憤慨した。高校に居る本山生（僧侶の卵）の認識と私の認識、それから世間で有名な僧侶の悪い話を聞いて。

　後輩として見てきた本山生、同級生としてみてきた本山生。それは、確かに傍から見れば私達と変わらない俗人である。彼らは私達に法話をすることはない。たわいのない話、ゲームやアニメの話をする。

けれど、法要になったとき、彼らの姿は一変する。彼らは神聖さを身に纏う。彼らが作務衣でなく黒衣をまとい、袈裟を身につければ、彼らは私達の世界に居ながら私達と異なるものになる。そこにおかしさを感じながら、それが面白いものであるように思えた。

　次第に、私は僧侶に憧れていった。行基や最澄、日蓮、あらゆる先人に私は憧れていった。行基のような他人への奉仕精神。最澄のような聡明さと冷静さ。日蓮のような情熱と温和さ。

　私は数々の先師が成し遂げたことを思えば、あるいは今成し遂げようとしている人の動きを見れば、それをただ遠巻きに眺めて研究しているだけでは物足りなくなってきた。それらの業績を見て、「すごいなぁ」と言った次の日には元の人に戻るのはどうにも気に食わないのである。

従って、私が出家したい理由というのは、自分自身に従ったから、としか答えられない。私が考えるに出家というものはこのような自由意志に従ってのものが理想で、いわゆるお寺の子どもが継承する世襲式は違うのではないかと思う。

およそのことは書いたが、師匠との巡り合わせについても書きたい。

それは、高校二年生の時のことだった。私はどのようにして師匠を探すべきか、どういう人が相応しいのか、そういったことを考えていた。近くの寺に乗り込むのも考えてみたが、そこの住職が私の望むような人間なのか分からなかった。

そんな時、私の友人が言う。彼は私と高校で出会い、遊ぶ仲にもなっていた。彼は本山生で、父が三重県に在住する僧侶だった。

彼は私に父を紹介しても良いと言っていた。私はあの時、もしも誰も見つからなかったらという条件付きで、いわば妥協するように言った。そのまま冬になっても巡り合わせはなく、今後どうするべきかと焦りを感じていた。そんな折友人から連絡があり、今度の食事の時、私のことを父に紹介しても良いかと尋ねてきた。私は特に何も考えず承諾した。

その話の調子が軽く、ついでに話すようなものだった。

その数日後、私は師匠が決まった。話が知らないうちに進み、師匠の元で出家することになった。

まるでお見合いみたいな調子で十二月、一家で三重の師匠がいるお寺に向かった。その人がどんな人か、親よりも大切にする（位素晴らしい）人か、分からなかった。

私は師匠の話を傾聴した。師匠は畏れ多くも、私に似ているように思えた。自発的に出家した。ある高名な寺の副住職のあり方に反発して寺から出て行った。あらゆる経緯を経て、世界三大荒行に数えられる大荒行に何度も出仕し、祈祷が出来るようになった。

私は師匠の痛快な話しぶりに心酔した。抵抗感は間もなくほぐれてしまい、この人の元だったらと思うに至った。

これまでもこれからも道のりはきっと曇り空。けれどそこに出会いがあるから、曇りは好きだ。

ソウルメイト

近藤　史絵

松の内も明けぬこの時期、病院の地下にある霊安室は冷える。ストーブをつけてくれた職員が私に向かって深く頭を下げ、部屋を出て行った。

今夜かもしれませんという連絡を受けて深夜に車を飛ばしてきたが、母の最期には間に合わなかった。せっかちな母のことだ。きっと私を待てずに行くだろうとは思っていた。「遅くなってごめんね」もの言わぬ母に語りかけながら、二人きりの時間を過ごす。その唇に塗られた明るい朱色に、母が会いたかったあの人を思った。彼女は、どうしているだろうか。

約30年前に私たち一家がこの街に来た頃、母はパート先で石川さんと出会った。明るくておしゃれで、買い物や旅行が大好きな二人はすぐに大親友となり、長い付き合いが始まった。

石川さんは、母が認知症を発症してからも変わらずに母の側にいてくれた。迷子になった母を私と一緒に探し、私が仕事の時は母を病院に連れていってくれた。彼女は私にとっても本当に有難い、心強い存在だった。

母ががんを患っていることを知らせた日、電話の向こうで石川さんは静かに言った。「仲良しって、そんなところまで似ちゃうのね」

がんが見つかったのは石川さんが先だったようだ。彼女は治療のために、娘さんが住む街の老人ホームに移ることになった。そこから大学病院に通うのだという。母には当然何度も話したそうだ。その度に母はひどく驚き、嘆き、涙する。そして忘れてしまうのだ。毎日同じ説明を繰り返し、母をなだめ続け、石川さんは疲れきっていた。

50代から共に働き、旅行や食事を楽しみ、老いては奇しくも同じ時期に互いの夫を見送り、一人暮らしの生活を支え合った母と石川さん。このままどちらかが人生を終えるまで、この街で共に過ごすはずだった親友は、今や数分の記憶すら保てない。自らも闘病の身となった石川さんは、思い出いっぱいのこの街を静かに離れて行った。

母は、空き家となった石川さんの自宅に毎日電話をかけ続けた。おかしいわね、出ないわね、出かけてるのかしら？　と繰り返しながら。

ホームに入居した石川さんは、何度か私に電話をくれた。自分の近況もそこそこに、いつも私を心配してくれた。「私はもう何も手伝ってやれない。あなたはいくら近所に住んでるとはいえ家庭も仕事もある。お母さんがあの状態じゃこれから大変よ。もう施設に入れなさい。あなたの人生の方が大事よ」

この頃の母は、施設に入れて欲しいと自ら言い出すものの、いざ連れて行くと「ここは何なの？　私は何も知らないわよ！」と激しく取り乱すということを繰り返していたため、私は疲弊しきっていた。

温かく懐かしい声は、私が必死に押さえていた感情の蓋をあっけなく外した。私は携帯電話を耳に当てたまま駅前広場のベンチで声を殺して泣いた。

猛暑がほんの少し落ち着いた夏の夕暮れだった。こういう時、目の前を通る買い物帰りの人々が皆、何の悩みもないように見えるのはなぜだろう。もちろんそんなはずはないのだけれど、私のいる場所だけが別世界のように思えた。

母の認知症とがんは、何度かの入院を経て確実に進行していった。私と、遠方に住む姉による頼りない自宅介護は限界を迎え、母は設備の整った療養型病院に入院することになった。

心配してくれていた石川さんには私から電話で報告した。ほっとした様子の石川さんだったが、彼女とてがん治療の真っ最中だ。この時は大事な検査の結果待ちだが、幸い目立った症状はないとのことだった。環境は満足で、居室の庭に咲く花がとてもきれいだということ、でも娘さんに負担をかけて申し訳ないと言っていたのをよく覚えている。

母は入院中も、石川さんのことを度々尋ねてきた。そして毎度、「大変！　お見舞に行ってあげなくちゃ、あんた連れて行ってよ」と繰り返した。互いに離れた場所で重病を患う二人を会わせることは叶わなかったが、母はどんなに会いたかっただろう。もしそれが出来たらと今も想像することがあるが、再会する二人の様子を思い浮かべるだけで、胸が張り裂けそうになる。

母の葬儀を終えて1か月ほどは、実家の片付けや各種手続きに忙殺された。石川さんとは、少し前から連絡がつかないままだった。電源の切られた携帯電話を諦めて、私は次の手段をとった。入居していた老人ホームの代表電話にかけ、石川さんという入居者さんと話をさせてほしい。私は友人の娘だと説明したが、「石川さんは退去されました。それ以上はお教えするわけにはいきません」得た返事はそれだけだった。

退去ということは、入院ということだろうか。近隣の大学病院をいくつか調べて電話してみる。分かってはいたが、「患者様の個人情報はお伝えできません」という返事が繰り返されるのみだった。

手がかりは途絶えた。もはや石川さんにもあまり時間は残されていないはずだが、あれだけ母の人生に深く関わった大事な親友なのに、ここに来て消息不明となってしまった。娘さんの連絡先を聞いておかなかったことを私は激しく後悔した。


袋小路はある晩突然に開けた。そういえば石川さんには息子さんもいることを母から聞いた気がする。必死に手繰り寄せた記憶の糸が連れてきたのは、隣町の私立中学校で教員をされている、私と同年代の息子さんだ。少し珍しい名前が、私の記憶にかろうじて引っかかっていたのだ。

そこからは絡まっていた糸がするすると解けるようだった。私の息子の幼馴染みがその学校に通っている。ほぼ反射的に私はその子の母に連絡を取った。

返信メールには、「知ってるよ。石川先生はうちの子の担任だよ」という言葉とともにクラスの集合写真が添付されている。急激な展開に心臓が早鐘を打つ。すぐさま写真を拡大し、そこに写る男性教諭の顔を見た瞬間、涙があふれた。眼鏡の奥の優しい目と少し角張った輪郭は、石川さんそのものだったのだ。

文面はこう続いた。「先生のお母さま、先月亡くなったの。クラスでお花を贈ったんだ」

都心の住宅地に立つ瀟洒な低層ビル。穏やかなBGMの流れるフロアに靴音を響かせながら、指定された区画番号の前で立ち止まる。受付で渡されたプラスチックのカードをかざすと、黒く分厚いガラス扉の向こうで機械式駐車場のような回転音がかすかに響く。音がやみ、観音開きになった扉から、つややかな光をたたえた黒御影石のお墓が現れた。

石川さん、おかげでやっと来られました。長い間、本当にありがとうございました。同じ病気で、同じタイミングで旅立つなんて、母とあなたは本当に不思議なご縁でしたね。母は、あなたに会えて本当に幸せでした。心を込めて手を合わせる。

ここの永代供養はお花やお供えを受け取らない。それが実に石川さんらしい。驚いたことに、墓石に光る家紋は母と同じものだった。決してありふれた紋ではないのに、こんなところまで同じだとは。しかしもはや、何の不思議もない気がした。

二人がいなくなったこの街に、私は今も住んでいる。食事や買い物を楽しむ二人組の高齢女性を見ると、つい立ち止まって振り返ってしまう。母と石川さんのああいう姿を見かけては走り寄って声をかけ、笑い合った日々が懐かしく思い出される。

女子高生のようにじゃれ合いながら、買い物袋をぶら下げて歩いていた二人の残像を、私はこれからもこの街のあちこちで再生するだろう。

戦中生まれで苦労続きだった母の人生に、半世紀遅れでやってきた青春時代。大切なその記憶を、私の心の中に持ち続けてあげたいと思うのだ。

約束

小野　泰弘

子供の目にもきれいな人だと思った。

「よっちゃん、こっち来て」とその人は僕の肩に手をまわして歩きはじめた。いい匂いがする。街の中を流れる川の土手に来ると子供が持つには多すぎるお金を僕の手に握らせた。

「あのね、ヨシくん呼んできてほしいの。誰にも言わんとそっとね。そっとね」その時この人は我が子をおいて、家を出て行ったヨシくんのお母さんだと気づいた。今までのヨシくんのお母さんとはまるで変わっている。髪の毛は乱れ放題で、疲れ切った顔だったのにお化粧をしてくっきりと口紅をつけ、見違えるような人になっていた。女の人ってこんなにも変わるものだろうか。

　ヨシくんは親子三人、近所のトタン屋根が赤くサビついたアパートで暮らしていた。おじさんは何の仕事をしているのか、いつも昼間から酒で赤い顔をして、おばさんやヨシくんに当たり散らしていた。僕が犬のランと散歩している時も怒鳴り声が聞こえてきた。何があったのだろう。あまり穏やかではない生活におばさんは我慢できなかったのだ。おじさんが酔いつぶれているすきに荷物をまとめ家出したという噂だ。

おとなしくて誰にも従順なヨシくんはおじさんに似て頑丈な体つきだ。僕たちより一学年上の四年生だった。まぶたが少し重くいつも口は半開き、ぼんやりしたところもあったが、時々人を驚かすようなこともすました顔でやってのけた。

町内の草野球では僕はピッチャーだ。ヨシくんがバッターボックスに立つ。ストライクを投げたつもりが大きく外れた。ヨシくんは長い手を伸ばすと、ものの見事に打ち返した。一塁へ走ると思ったら三塁へと、まっしぐらにかけて行く。一瞬何事かとみんなの動きが止まった。驚きの喚声があがった。土手で見ていた人たちも手をたたいて笑っている。これはヨシくんが時々ワザとやる演技だ。相撲をやれば強い奴を投げ飛ばすが、弱い者にはコロコロ負けていた。優しい照れ隠しなのだ。ヨシくんが大きくなったら警察官になると言ったときには、みんなは「ヨシくんに捕まるドロボーはいるかよ」とからかったが、彼は黙って笑っているだけだ。ゆったりとしていて大人みたいに見えた。僕はこのお人好しで、ちょっとマヌケな彼が好きだ。

アパートの窓をたたくとヨシくんは表紙のちぎれた少年雑誌を片手に窓を開けた。「ヨシくん、ちょっと来て」「なに?」僕はとても大事な連絡係なので、もったいぶって「黙ってついて来て」　おばさんは誰もいない河原に降りていた。「ほらヨシくんのお母さん」と僕は指さし背中を押した。土手から二人の様子が見える。表情は分からないけど、おばさんはヨシくんをおいて家を出て行ったことを謝っているのか、しきりに話しかけるがヨシくんはずっと下を向いたままだ。母親のあまりの変わり方に怒りと戸惑いでいっぱいなのだろう。近所の人が彼らに気づかないように周囲に目を配った。二人の時間がとても長く、またとても短く感じた。こんな時って二人はどんな気持ちだろう。

ヨシくんが腰のあたりで手を振る。さよならだ。また会いたいなのか、もうこれっきりなのか。土手にあがったヨシくんは黙って僕の前を通り過ぎて行った。少し間をおいておばさんがあがって来る。ハンカチを握りしめ「絶対誰にも言うたらあかんよ。約束ね。破ったら承知せんから」と僕の眼を見つめ強い口調だ。子供をおいて出て行った人の顔だ。ポケットの中のお金を汗ばんだ手で強く握りしめた。おばさんは念を押すように何度も振り返って行った。

寝ころぶとカレンダーが目に入る。もうすぐお正月だ。お年玉も貰える。このお金たちを合わせて、少しずつ使えば誰にも分からずおばさんとの約束も守れる。あと何日かの我慢だと自分に言いきかせ、おもちゃ箱の中にお金をひそませたがおばさんの言葉が気になった。

お正月は新しい空気が街並みを包み、昨日までのすべてが生まれ変わる。何かいいことがありそうでワクワクしてくる。正月二日頃には近所の人たちがそろって新年の挨拶にやって来る。中でも賑やかなのはＰＴＡ副会長の女の人だ。町内のことはどんなささいなことも耳に入っていた。子育てで忙しい毎日なのにどこで話を聞いてくるのだろう。

おとそが出る。お酒が入れば話はもうあちこちの噂話になる。特にヨシくんのお母さんのことは誰もが気になる話だ。ふすま越しに町内の〝宣伝部長〟の声が聞こえる。

「温泉旅館の後妻に入ったらしいよ。仲居だった旅館の旦那に気に入られたらしい」

そのあとはＰＴＡ副会長が引きついだ。「それでね、息子を引き取るという話もあるけどただ息子はここが好きなんだからどこへも行きたくないと言ってきかないんだって」ヨシくんのことだ。酔った〝宣伝部長〟の声が大きくなった。「酒飲みの親父といるよりずっといい話なのに」酒飲みが酒飲みのことを言っている。

僕は大人たちの声に隣の部屋で兄たちとトランプをしながら、耳をそばだてた。そうか、もう秘密ではなかったのだ。僕の約束は終わっていたのだ。

おしゃべりの副会長の噂は本当だった。ヨシくんは三学期を前に転校することになった。ヨシくんのアパートに行くとおじさんは赤い顔して、もうご機嫌だった。「ヨシはここには帰ってこんぞ。今さっき駅に行ってしもた」

僕は土手を走った。小さな荷物を持ったヨシくんとおばさんらしき姿が遠くに見える。風花《かざはな》とよぶ雪の花びらが舞っている。

「ヨシく〜ん」僕は思い切り大声で呼んだ。自分の声が寒さで震えた。聞こえたのか振り返ったヨシくんは小走りで息をはずませて戻って来る。言葉より先にヨシくんの目の前に新しい少年雑誌とお菓子を袋ごと差し出すと、驚きながら中をのぞきこみ、口元がほころんだ。雑誌の表紙を見ながらゲンコでまぶたをこすっている。「ありがと」小さな声だった。「ヨシくん、もう帰ってこんの？」「……ウン、ここがずっといいけどな。行きとうない……」橋のたもとで、おばさんは閉じた傘を持ったまま僕たちの別れを待っている。大人みたいな別れの言葉をどう言っていいのか二人とも分からなかった。この河原を汗びっしょりになってかけまわった、あの時の夏草のかおりが漂って来た。手に鉛筆書きの住所のメモが見える。「手紙書くね」と僕は言って、かじかむ手で約束の指切りをした。やがてやってくる寂しさを忘れようと指に力を込めた。

「さいなら」「……ウン、さいなら」風花がぼたん雪に変わり激しくなってきた。

ヨシくん、いつかまた一緒に遊ぼ。

この土手に最後に上がったのはいつだったか、見渡す河原はコンクリートに覆われ、草木もなく風景は一変している。このあたりには僕たちの世界がぎっしり詰まっていた。子供たちの叫び声やさんざめきが蘇り、苦しいほどにあの日が恋しくなる。土手でいつか会おうねと手紙を書いたがヨシくんはどうしただろう。あんなに身近だった風景が今は手の届かぬ遠い思い出になってしまっていた。

橋の欄干にもたれて河原を見つめ、何か思いに浸っている中年の男性がいる。エッ、もしかしてヨシくん？　まさか。私は自分の妄想だと思った。イヤ、あの風貌に見覚えがある。背が高く頑丈な体つきはまさしくヨシくんだ。ヨシく～ん、思わず叫んだが声は裏返り、近寄ろうにも足がもつれて前に進めない。ヨシく～ん、彼はこちらを見て一瞬不思議そうな顔をした。そして目が笑った。

鈴なりぷとう

紫　陽花

田舎で生まれ育ち、学生時代を京都で過ごし、東京へと嫁いだ私。学生生活より短い、夫婦生活に幕を下ろし、あっという間に田舎に舞い戻った。たったひとつの宝物だけを抱えて。私もまだ若かった。両親も元気。祖父母も健在。私には、兄弟も従兄弟も沢山いた。寂しいとか孤独とか、そういうものには縁遠く、それはそれで、居心地良く過ごせていた。私の宝物であるひとり娘も、お陰様で実にすくすく育った。多くの人の手で育てられたようなものだ。感謝しかない。

十年一昔とはよく言ったもの。この十年のうちに祖父母共に、この世を去った。そのまた十年のうちに十七才になった娘は、大学の進学先に京都を選び、京都に土地勘のあった私は、娘と一緒に心機一転、京都で生活することにした。私の人生二度目の京都暮らしの幕が上がった。その途中、父がこの世を去り、娘は成人を迎え、時代も令和となった。そして、オリンピックに沸くはずの二〇二〇年、コロナ禍の中、娘は大学の卒業を機に、就職先の東京で一人暮らしを始めた。それは、娘にとって、人生二幕目の幕開け……いや、京都が二幕目ならば、三幕目の幕開けになるか……となると、私は今、一体何幕目にさしかかったところなのだろう。

ある夜、私は浅い眠りの中、夢を見ていた。私一人しか乗っていない船。どこへ向かい、どこの港に着こうとして、誰が舵を取っているのか、私なのか、ただ私は乗っているだけなのか、さすがは夢。いまいち意味のわからない夢。夢うつつの中で私は、これからの自分の人生を、ふと、想った。

それも束の間。現実には、そこに置いてあった、私の携帯電話が鳴った。

「こちら東京消防庁です。…………………」

救急隊の方の声で、今まさに東京で娘が倒れ、意識不明であるとの知らせ。まさか今日が、私の人生の幕引きか。目の前が真っ暗、放心状態の私。その後、時間にしてどれくらいだろうか。娘の意識が戻ったとの連絡があり、私もまともに、息ができるようになった。それから娘は一か月にも及ぶ入院生活。退院と同時に私は東京へと行き、娘の身の周りの世話をすることとなった。私の人生、二度目の東京暮らしの幕が上がった。

やはり東京は広い。結婚していた頃の街とは、まるで別もの。ましてや、幸せな未来しかなかったあの頃に比べて今は、毎日が、一日一日無事に過ぎてくれることだけに終始している。いつなんどき、また意識不明になるかもしれない、という不安。いつか本当に病気が治る日がくるのだろうか、という不安。不安不安不安の連続。希望もなければ、安心して眠ることもままならない日々。

私が東京で暮らし始めて三か月目。これといったきっかけは分からない。これまで私と娘は良好な母娘関係だと思っていたが、おそらく、そうではなかったことに、気付かされたのだ。今まで二十年以上、一緒に暮らしていても、心は置き去りのままだったらしい。私はずっと、娘のためにと思い、私なしでも生きられるようにと、私のもとから早く自立することを促してきた。先を急かしてしまっていたようだ。娘も娘で、私のためにと思い、私を自分から解放して、私の人生をもう一度取り戻させてあげようと、ずっと、無理して頑張って生きてきたのだ。早く私のもとから自立しなければならない呪縛にかけられて。どんなに苦しかったことか……

人生に間違いはないとは言うけれど、完全に私たちは、少なくとも私は、間違っていた。娘のためにはなっていなかった。娘を追い詰めていただけだった。他ならぬ、私の自己満足のためにに。私は、目が覚めた。五十路の私が、夢に向かって動き始めた姿を、娘に見せることにした。それは、娘が生まれてからこの方、ずーっと私が趣味としてやり続けてきたこと。それを初めて、仕事として自信を持って、やっていこうと決めた。決心、決断した。私は、娘と向き合うことをやめて、自分の夢に向き合うことにした。娘には「これからは、私と並んで歩き、お互いの夢に向き合おう」と、誘った。

人生、無駄なことなんて、何ひとつないと思う。遠回りには遠回りなりの風景。喜怒哀楽には喜怒哀楽なりの感情。私には私なりの生き方。娘には娘なりの生き方。

鈴なりのぶどうは、それこそがぶどうらしい。娘は昔よく、ぶどうのことを「ぷとう、ぷとう」と言っていた。娘が「ぷとう」と言うと、実においしそう。今でも私の耳には、「ぷとう」と聞こえる。

私の残りの人生、娘のこれからの人生、鈴なりのぶどうのように、私たちなりの実を、たわわにみのらせてみたいものだ。日本のぶどうの多種多様な品種。どんな色をつけるかも、どんな味がするのかも、千差万別。人も人とて、十人十色。

これからは、なりふり構わず、なりたいように、私なりに生きてみよう。その気にさえなれば、何幕でも上げられるはず。きっと。長過ぎたようにも感じる「まえがき」から、ようやく私の人生の本編が今、始まる予感。始まるなり、目次もまだ用意できてはいないけど「あとがき」だけは考えてある。それは、娘に託すことにした。

私の人生は愉快。これからも、何があっても、私なりに精一杯生きてゆく。

鈴なりのぷとうのように

悲しみを超えた愛

濱　由香李

私は、心の奥にしまっていた話を、ここに書き残しておきたい。

中学校生活が始まり、学校に行くことが楽しみだったし、新しい環境のなかで色んなことに挑戦したいという希望でいっぱいだった。

夏の体育祭で、百メートル走を一位でゴールしたことを鮮明に覚えている。このまま自分らしく生きていこうと思っていた。

ある日、勉強をしていても頭に入ってこなくて不思議に思い、体重計に乗ってみたら、体重が減っていた。沢山ご飯を食べているのに、どんどん体が痩せ細っていった。それでも秋の学校祭で、必死にダンスを踊りきった。

ここまでで、私の中学校生活は終わる。

徐々に学校には行けなくなり、学校に行こうと思っても、起き上がれなくて、青白い笑顔のない自分、集中力の低下、頭痛、めまい、息切れ、動悸など体が弱ってしまい三か月後もう一度体重計で測ってみると、さらに五キロ減っていた。結果的に私は不登校になってしまい、こんな日常生活を送るなんて思ってもみなかった。何もしてなくても心臓のあたりが苦しくて、座っていても走っているような息づかい。何が起きたのか分からない状況が続き、涙が溢れて息が出来ない。パニック状態になり、手足の震え、自分の体がコントロールできないロボットになって、一日に何度も救急車で運ばれ、目を覚ますと記憶が飛んでいて、いつも病院で点滴をしていた。時間をみると夜になっている。

家族の車に乗って帰る時、夜空を見ると小さな星が光っていた。綺麗な星を見上げて、「私は生きている」と確信できる瞬間だ。

疲れて寝る時、白い壁で四角い部屋の中に、私が一人霊安室で眠っている夢を見て、目を覚ますと、私の落ち着く場所はどこにもないし、日々生きていくのが精一杯だった。そして精神的なストレスで声が出なくなってしまい、話すことが出来ないので、字を書いて相手に伝えたり、簡単な手話を覚えて、何もかも日常生活が変わって私の体を奪い、神様は私に、どうしてこんなひどい仕打ちをするのか、頭が真っ白になり、まるで悪魔に取り憑かれているような日常を過ごしていた。

唯一、私の心を癒してくれる場所は、田舎の祖父母の家とピアノだった。祖父母の家は、果樹園をしている。きれいなお花や野生動物、昆虫などがいて、のどかな自然の中で自由に出来る場所は、私にとって大好きな居心地のよい空間だった。一番の思い出は、祖父が軽トラックを運転してくれて私がその荷台に乗り、りんご並木道を通ってくれたことで開放的な気持ちになった。

祖父母の家に行く時、お土産に甘いものが好きなので、タピオカ入りのイチゴジュースとクレープ、ホットケーキは、かかさず持っていくのが習慣だった。食欲がない私は、祖父母の笑顔をみていたら、少しずつ食べられるようになって、いつもより美味しいと感じた。体力作りに、でこぼこの道を歩いたり、大きな大根を家に運ぶのに一輪車で慣れない坂道をへっぴり腰で登っている時、ひっくり返って皆に大笑いされたこともあった。あまりみんなが経験しないことをやってみると、忘れられない思い出になった。

夜になると、いつもピアノを弾いていた。一番弾いていたのが「ノクターン第二十番嬰ハ短調遺作」という愛用の曲。一音ずつ音が違う音色は、まるでしゃぼん玉が飛んでいるかのように、私の心を穏やかにしてくれて、揺れ動く心をありのままの自分でいられる贅沢な時間だった。「遺作」の曲は、ウォークマンに録音して毎日聴いていた。

ある時、不思議な夢を見た。私がいつも通り話している夢を見て、目が覚めた私は、布団の中で少し声を出してみた。かすれた声が出るのに驚いて、急いでお父さんとお母さんのところに行き、自分の声で呼んでみた。お父さんとお母さんは、ビックリして「あなたの声、ちゃんと聞こえてるよ」と言われ、祖父母にも電話した。「よく三か月間、ここまでがんばったね」と言ってくれた。そして、お父さんからも素敵な言葉をもらった。「あなたは、お父さんの娘だから何に対しても強い人間になれるよ。だから何事にも立ち向かっていける、立派な大人になるんだよ」と言ってくれて、勇気をもらった。自分の声で家族みんなと話が出来て、大好きな歌も歌えるし、心が少し晴れた気持ちになった。今日の夢は、正夢だと思い、一生声が出ないと諦めていたから、うれしくて眠れなかった。

あれから二年が経ち、高校受験が迫っていた。体力的に学校に行くことは難しいので、家で勉強をしていた。毎日、自分のペースで勉強をするのは不安だったけれど、家族が陰ながら応援してくれて、受かるために必死だった。そして試験当日、祖父母から合格祈願のお守りをもらい、ウォークマンで好きな曲を聴きながら気持ちをリラックスさせて試験に挑んだ。自分では何とかやり切ったけど、合格発表までお祈りしていた。結果、無事合格できた。重い体が一気に解放された気分になり、すごく嬉しかった。これから新たに高校生活が始まると思ったら、中学校生活みたいに逆戻りしないか心配だったけど、私は次のステップへと進んだ。

高校に入って私は、友達が出来て楽しかったし、自分の体調が悪くなった時の対処法など理解が出来るようになって、何が起きても自分の体と向き合えるようになり、学校で学んだことは、本当に楽しい思い出が出来た。また、一日も休まず学校に行けたことは、自分でも信じられないくらいうれしかった。無事高校も卒業できた。

私の経験を通して人生色々なことがあると思った。今だから言えることだが、家族や祖父母、皆様の支えがあり、苦しい時や辛い時も一緒に闘ってきたから、今の私がいる。思春期の頃は、色んなことを乗り越える時期だと思う。無理をして、学校に行かなくてもいいと思う。私も中学生の時、学校を休んで勉強が皆に追い付いていけるか、今後どうなっていくか、不安と心配があったけど、大人になったら、自分の体調管理が分かってくるし、理解してくれる人もいる。

今、心が病んでいる人がいたら、まず自分の心の中と、お話ししよう。自分の子供が病んでいたら、決して責めたりしないで、充電期間だと思って見守っていてあげて下さい。私が一番伝えたいのは「先のことは考え過ぎないで、今だけのことを考えよう」という気持ちを持つこと。最初は、勇気が必要かもしれないけど、自分のことがだんだんと分かってくる。そして自分の好きなことをしてみてはいかがでしょうか。例えば、音楽を聴いたり、本を読んでみたり、何も考えないで空を眺めたり。頭の中をパンク状態にせず、オンとオフの切り替えが必要なため、自分らしく無理のない毎日を過ごせたら、それで幸せだと思う。もし誰も話を聞いてくれる人がいないなら、日記や紙に書いて今の気持ちを吐き出したり、一人で抱え込まないで、自分が話せる時が来たら、話をしてみるのもいいと思う。記憶は消せないが、自分の経験をしたことは、決して無駄ではないと思う。十人十色とは、自分らしい生き方で夢を持ち、自信と誇りを持って歩んでいけたら、新しい道が開けるのではないでしょうか。
世界中の誰もが幸せでありますように、心から祈っております。

バードテーブル

竹花　史康

ある晴れた夏の日、突然、妻が庭にバードテーブルを作りだした。それができると、今度は野鳥用の餌を買ってきた。妻はさっそく餌をまくと、リビングから庭を眺めた。

この家に住みはじめて十五年、私はこんな妻を見たことがなかった。

冬のある日、私と妻は突然二人して自分の家が欲しいと思った。冬にしては穏やかな日曜日、広告を頼りに住宅の展示場に出かけた。その日は少し冷え込んだせいか、客と言えば私達夫婦だけだった。

五軒ほどの真新しい展示住宅を一軒一軒見て回った。私にはどれもよさそうに思えたが、妻が想い描いていた家はそこにはなかった。

妻は、「南向きの庭に面している家がいいわ」と言った。私は少し考えて、「車が三台は停められるといいね」と言った。

私たち夫婦のささやかな要望を聞いたハウスメーカーの社員は、他にも会場があることをおしえてくれた。まだ二十代前半の青年で、どことなくぎこちなかったが、それでも汗をかきながら一生懸命に説明してくれた。そんな彼を私も妻も好きになった。

次の日曜日、私と妻はまたモデルハウスを見に出かけた。約束の時間に若い社員が待っていた。そこには、妻が望んでいた庭のある家があった。

リビングから、庭全体を眺めることができた。妻も私もその家がすっかり気に入って、その場で購入を決めた。若い社員はとても驚いていたが、すぐに電話をかけ、すると、十分もしないうちにどこからともなく営業部長がやって来た。仮契約はあっという間に済んでしまった。


あれから十五年、息子はとっくに独立して遠くで暮らしている。それでも、盆と正月には家族を連れやってくる。孫も一緒である。

かつて、転勤を何度も経験した。その度、引っ越しをした。二週間ほど前に辞令が出され、慌てて引っ越し業者を手配し、すべての家財を荷づくりする。今は、お金さえ出せば業者がほとんどやってくれる時代だが、昔は家族総動員で支度をしたものだった。

おそらく私も妻も引っ越しすることに疲れていたのだと思う。ここに住むようになって私は、少し穏やかになったかもしれない。

　妻は大好きな薔薇の苗を買ってきては、一つ一つ丁寧に植えて育てている。十数本ほどある薔薇のなかの一つは、私が妻の誕生日に買ってきたものだ。どんな種類の薔薇かもわからずに購入したのだが、ひと月もすると白くて大きな薔薇が咲いた。妻はそれをとても喜んでくれた。

　私は、今の家に住みだして十年目に、もう一台車を購入した。ずうっと前から欲しかったオープンカーである。妻用の車と合わせると予想していた通り三台になってしまった。

　妻がガーデニングをしているとき、私は大好きな車を洗車する。


　なぜ妻が突然、バードテーブルを作り、餌をまきはじめたのか、私は何も聞かなかった。そして、妻も何も言わなかった。

　妻が餌をまきはじめてから毎日、二人して待った。妻は、いつもより早起きして餌をまいたが、一日目は何も起きなかった。

　二日目も餌をまいた。昨日の分が残っているので、バードテーブルは餌で山盛りになってしまった。三日目になっても鳥は一羽も来なかった。それでも妻は、新しい餌をまいた。そして、二人してリビングから庭をぼんやりと眺めた。

　四日目は大雨が降った。バードテーブルの餌は地面へ流れ落ちてしまった。それでも、二人して庭を眺めながら待った。五日目、雨は止んだが妻の作ったバードテーブルは大きく傾いてしまった。

妻があまりに残念そうにしているので、私は妻を誘ってホームセンターに行った。そこで適当な板と釘を買ってきた。

設計図も何もないまま、長さを測っては木を切った。切ったパーツを一つずつ合わせ、また長さを測っては別のパーツを作った。

思わず妻が、「随分適当だけど大丈夫なの？」と心配そうに尋ねた。でも、私の頭のなかには、バードテーブルができあがっていた。妻のバードテーブルには無かった傾きの急な屋根をつけた。たくさんの鳥が集まるように二階建てにもした。

できあがると、妻はちょっと不思議そうな顔をしていた。おそらく彼女のイメージとできあがったものが、少し違っていたのだと思う。それでも、「これで雨の日も、雪の日も大丈夫ね」と微笑みながら、新しいバードテーブルに餌をまいた。

「明日は来るかしら」と、妻がちょっと不安そうな顔をした。

「鳥たちには、すぐにわからないかもしれない」と私は気を使ってこたえた。

「そうね」、妻は自分に納得させながら、私を見て頷いた。

新しいバードテーブルに餌をまきはじめてから七日目の朝、妻はいつもよりとても早く起きて二階の寝室の窓から外を見ていた。そこからは、バードテーブルがよく見える。

午前五時、七月の五時はとっくに陽が昇っていて眩しい。しかし、いつもの私はまだ眠りの中にいる時間でもある。そんな私を妻が起こした。「おとうさん、小鳥が来た」、私がまだ寝ぼけているのにもお構いなしに、妻はそう言って私の体をゆすった。

息子が生まれてからは、妻は私のことをはじめのうち、「パパ」と呼んでいた。私も妻を「ママ」と呼んだ。息子たちもしばらくは、「パパ」と「ママ」と私たちを呼んでいたが、成長するにつれて、「おとうさん」、「おかあさん」に変わった。そして、妻も私を「おとうさん」と呼ぶようになった。

でも、私は今も「ママ」と呼んでいる。自分が子どもの頃、父と母を「パパ、ママ」と呼んだことは一度もない。ただ、「パパ、ママ」と呼ぶ家庭にあこがれていたからかもしれない。

「小鳥が来た」と起こされた私は、妻の指さすバードテーブルに目をやった。確かに、小鳥が何羽か来ている。

「何という鳥かしら」と、妻は少し興奮気味である。残念なことに、二人とも野鳥にはまったくの無知だった。

妻は突然、庭にバードテーブルを作り餌をまきはじめた。その理由は今でも分からない。

でも、妻と二人で鳥たちをただ待つことは、不思議と楽しい。

「ねえ、二羽いるのわかる」、と妻が小声でつぶやいた。

「たしかに二羽いるね」

「もしかして、夫婦じゃない」と窓の外を見ながら妻が同意を求める。「そうかもしれない」と、私はこたえる。

「明日も来るかしら」と妻が、「たぶん来ると思うよ」と私。

二人して名も分からない小鳥たちの様子をただ見ていた。つがいと思われる小鳥は、まだ餌には手をつけず餌場に降りてはすぐに飛び上がったりしている。

そのとき、二羽が同時にバードテーブルに降りた。そして、二羽ともこちらに目を向けたような気がした。

「私を見ている！」と小鳥たちに気づかれないように妻がささやく。すかさず、「二人をだよ！」と同じくらい小さな声で私は主張する。

私は、夢中になっている妻の横顔を見つめながら静かに微笑んだ。

不思議な体験

宇和　静一

私が若い頃のことだからずいぶん昔になる。父親が亡くなったため、大阪に就職していた私は愛媛の片田舎に帰郷した。父親のことを尊敬していたので深い悲しみと喪失感におそわれた。

初七日が終わった後、母親から京都の西本願寺に遺骨の一部を納めてほしいと言われた。それは私が大阪にいるので京都は近いからであった。

私は帰りの列車の座席に座っていた。列車は平野の中を、またあるときは山間を軽快に走り抜けていった。

途中のK駅に着いたときだった。何人かの乗客が降り、何人かの新たな乗客が乗ってきた。そして、私の前の座席にひとりの老人が座った。その老人の顔をみて、私は驚愕した。そこに亡くなったはずの私の父親が座っていたからである。禿げ上がった頭、農作業で日焼けした顔。一重の眼にすこし胡坐をかいているような鼻と大きな口。思わず声をかけそうになったが、やっとの思いで踏みとどまった。遺骨になっている父親が現れるわけがない。他人の空似というやつだ。私は冷静さをとりもどした。

それにしてもよく似ている。見れば見るほど父親に瓜二つである。世の中には本当によく似た人がいるものだ。

「わしになにか言いたいことでもあるのか」

私がじっと見つめていたため、老人がむっとした顔でにらんだ。

「いえ。私の父親にあまりにもよく似ておられるので、つい見とれてしまい失礼しました」

恐縮して頭をさげた。老人は「ふん」と言って、窓外に視線をやった。

それから三つ目のM駅に着いたとき、老人は立ち上がると開いた扉に向かった。そのとき、私は無意識のうちにバッグを手にすると、老人の後に従っていた。バッグのなかには父親の遺骨がはいっている。自分でもどうしてなのか、わからなかった。ただ眼にみえない強力な磁石のような力で引っ張られていく感じだった。

M駅に降りると、雪がちらついていた。私はただひたすら老人を見失わないように、後をつけていった。というより目に見えぬ力に引っ張られていく感じだった。

雪はしだいに激しくなり、ついに吹雪になった。そして吹雪のため、とうとう私は老人を見失ってしまった。

やっと我にかえり、とぼとぼとM駅に引き返した。するとそこには、

お知らせ
この先の山間で列車が脱線転覆したため、復旧するまで不通となります。復旧はいつになるかいまのところ不明です。ご迷惑をおかけしますがご了承ください。
駅長

という貼り紙がしてあった。転覆したのは、私が乗っていた列車だった。これは父親が私を導いて災難から救ってくれたのにちがいない、そう思った。すると、目頭に熱いものがこみあげてきた。

七十四歳

栗原　秀明

僕の父は今から三十年ほど前七十四歳で死んだ。

地方公務員だった父は、酒好きであったが真面目に仕事をこなし、無口ではあったが一定の威厳を保ち、家長として、僕を含む三人の子供を大学に進学させ、社会人になるまで働き続けた。

僕は大学入学のため家を離れ一人暮らしをするようになった。

それから毎年、年末年始、お盆には必ず帰省した。父とはとりとめのない会話をしたと思う。歴史好きの父が吉川英治や山岡荘八の本の話をしていた記憶はある。しかし当時の僕はあまり関心がなかった。僕自身のことを真剣に伝え、感想や助言を求めたことはなかったはずだ。

僕自身の人生は必ずしも順調とは言えず、三十歳でサラリーマンをやめ小さな会社を始めてからも、様々な失敗と悩みを抱えていた。帰省するたび母は不安そうな目で僕を迎えた。父がどんな表情をし、何を考え、何を伝えたかったかほとんど印象にない。

父は退職後は近くの湖に毎日釣りに出かけ、散歩をし、読書をし、静かに暮らしていたはずだった。

父の死は実にあっけないものであり、四十五歳の僕はその時三歳の息子（母は四十すぎまで子供のいないことを不憫がっていた）と一緒に目の前でその瞬間を見ることになった。一週間ほど検査入院をするからとの母の連絡を受けて見舞いに行った。父は元気そうに僕たちを迎え、僕の息子にとても嬉しそうに話しかけていた。「昼飯でも食べてこいや」と父はすすめた。母と妻と息子と四人で近所の蕎麦屋で食事を済ませ戻ってくると、救急車の赤いライトが激しく回転していた。とても嫌な予感がし、病室に入ると父は危篤になっていた。大病院に緊急搬送された父は翌日未明に死んだ。医師からは「急性心不全ですね」と告げられたが何となく釈然としなかった。

通夜、告別式は手際よく葬儀社と近所の人たちによって進められ、時々笑い声もあり、誰も悲しんでいるようには見えなかった。僕は突然体の震えが止まらなくなり、葬儀の間中参列者に気づかれないようにずっと俯いていた。

葬儀が終わり茫然としていると昔からの友人H氏が近づいて来て煙草を出しながら「大丈夫か」と言った。禁煙をしていた僕は思わず受け取り思い切り吸い込んだ。激しいめまいがして同時に涙がたくさん出てきて驚いた。そして体の震えが止んだ。

二十五年たち僕は七十歳を過ぎ仕事を辞め昔の父と同じように散歩をし、読書をしながら日々を過ごすようになった。

最近なぜかしきりに父のことが思い出されるようになり、なぜもっと真剣に色々なことを話さなかったのか悔いるようになった。

僕の息子は多くではないが自分の現状を報告してくれ、僕の体調を気遣ってくれる。時には助言を求めてくることもある。当時の僕とはまるで違う。

僕には息子に話したいことが沢山あり信じられないほど愛おしい。僕の父も僕と同じ心情だったらどうしよう、何も言わずに一人で死んでいってしまった。

人間は死を予感しながら、死に向かって生きている。僕は自分の死を父の死に重ね合わせるようになった。

七十二歳を過ぎたころから度々胃に不調を感じるようになり、そしてある想像上の物語が生まれた。

僕は七十三歳で胃がんを宣告され、七十四歳で死ぬというものだ。

子供に対する愛おしさと、うまく生きてくれよとの願いを抱きながら、誰にも悲しまれなくていいから、いや誰にも、特に息子に悲しまれないように、目立たぬよう注意深く生き、そして死にたい。

父はなぜ何も忠告してくれなかったか今はよくわかる。息子の人生はすでに彼自身の手にあり、そうあって欲しいと願ってきたはずだ。喜びをもって見守るほかないのだ。

来週僕は胃の内視鏡検査を受けることになっている。

パウル・クレーの贈り物

石原　嵩子

我が家の本棚に収まった二冊の古いカタログ。これは一九六九年に、鎌倉の県立近代美術館で開催されたパウル・クレー展のカタログです。まっ白だった表紙は象牙色になり、ページをめくるとパラパラ剥がれ落ちそうになります。ですから、カタログを開く時は、注意して優しく扱わなくてはなりません。

私は、時折、本棚からこのカタログを取り出して、表紙の扉を開きます。するとあの夏の日が、鮮明によみがえってきます。毎日が新鮮でみずみずしく、躍動していた若い私のあの日のことが。

逗子の、小さな私立幼稚園に新米先生として勤めていた私。子どもたちと過ごす日々は、発見と驚きと喜びに満ち、この仕事は天が私に与えてくれた、かけがえのないものだと思っていました。

やがて、縁あって結婚しましたが、この結婚は幸せなものではありませんでした。「飲酒」によって人格がこれほど変わるのかと思い知らされ、私自身も体の不調に悩む日々。保育という仕事がなかったら、私はどうなっていただろうと、時々、その頃を振り返ります。

現在の夫と結婚したのは、四十歳の半ばを過ぎてからです。二人とも再婚でした。

私はこの結婚で、二人で過ごす日常が、これほどゆったりとして心満たされ、落ち着いた日々であることを、初めて知りました。

山登りが好きな夫は、都会を離れ、甲斐駒ヶ岳の麓に一人住まいをしておりました。

不思議なことですが、初めてその家を訪れた時、「この家は私を待っていてくれた」と、懐かしく、優しい思いに満たされたのです。

木々の向こうに広がる山々、青い空。流れていく雲、清らかな空気。木や草叢から立ちのぼる香り。それらが私を包みこみ、ぞくぞくするような喜びに震えたのです。

私は子どもの頃から、森や林の中にいることが好きでした。たった一人でいても、怖くありませんでした。

四季折々に姿を変える木々。梢を見上げ、幹に触れる喜び。木の間に見え隠れする鳥たちのお喋り。葉を揺すりながら吹き抜ける風。その中に身をゆだねながら、きっと、私は木の無い場所に住むことが出来ない。

命がなくなったら木に生まれ変わりたい、とさえ思っていました。

・・・・・・・・・・・・・・

結婚して数年経った頃です。

ある日の夕暮れ、居間で洗濯物を畳んでいると、近くで新聞を読んでいた夫が声をかけてきました。

「昔、鎌倉の美術館のパウル・クレー展、見に行かなかった？」

「行ったわよ。どうして？」

「前から確かめたいと思いながら、なかなか聞くことが出来なかったんだ。実は僕も行ったんだ。クレー展」

「本当？　あの美術館はよく行ったのよ。それに、クレーは楽しみにしていたから」

「その時、俺、君に声かけたかも」

「ええっ……？」

そう言われてみると、クレーを見た帰り、誰かに話しかけられたかもしれない。

三十年近く前のことが、霧が晴れてくるようにおぼろげな映像となって浮かんできました。それからしばらくして、ふいに、記憶の糸が手操り寄せられてきたのです。

「その時、眼鏡かけてて、白いシャツに学生ズボンだった？」

「そう。俺、貧乏学生だったから、どこに行くのもそんな恰好だった」

夫のその一言で、記憶の渦巻きが音を立てて回り始めました。

いったいこの記憶は、私のどこに隠れていたのだろう。こんな不思議なことってあるのだろうか。長い長い間、深く沈んでいた光景が突然蘇ってきて思わず「あっ！　それ私」と、叫んでいました。


…………………


あの日、クレーの絵は、子どもたちが描く絵のように、私に語りかけてきました。

絵の前に、謎解きをしてみたり、隅々まで目を凝らして何かを探したり、思いがけない発見をして、おもわず笑ったりしながら楽しんでいたのです。美術館が空いているのを幸いに、一人空想をめぐらしながら、クレーの絵を眺め、ゆっくり美術館を巡ったのです。

絵を見終えた私は、美術館の階段を弾むように下りていきました。

美術館の入口の階段正面に、楠が植えてあります。黒々と大きく、堂々とした姿は私のお気に入りでした。

いつものように階段の途中に立ち、木を眺めていると、門の中に駆け込んで来た人が階段を上ってきました。そして、突然、息を弾ませながら声をかけてきたのです。

「クレー、良かったですか？」

「はい。すごく面白かったです」

「そうですか。ぼく、時間がぎりぎりになってしまって……」

そう言って会釈をすると、急いで階段を駆け上っていった、長身で痩せ気味の学生。

「あの時、階段を楽しそうに下りてくる人がいて、思わず話しかけてしまったんだ。いつか、こんな人と一緒になれたらいいな、なんて、一瞬、勝手に思ったりして。つい」

「その時、会っていたなんてすごい偶然。

でも私、その時のこと、ずっと覚えていたような気がする。不思議なことだけど。

あんな昔のことなのに。

あの時、私、木を見ていたの。階段の下の大きな楠の木。そしたら学生のような人が階段を上ってきて、急に話しかけてきたの。

あの日、とても晴れていたでしょ？ 太陽が差し込んでいて、葉っぱがキラキラ光って。

『ああ、きれい』って立ち止まっていた時に声をかけられたの。

あの時、あなた、黒縁の眼鏡だったでしょう？ あの眼鏡、結構度が強いんじゃない？

それが印象深かったのね。『この人、きっとガリ勉君だ』って思ったのよ」

「今の眼鏡と違って、昔はやたらにレンズが厚かったな。マンガで眼鏡の人を描く時、面白半分に渦巻き模様で描かれたし。あの眼鏡が幸いしたんだなんて……」

夫はそう言って愉快そうに笑った。

「あの日、クレーをゆっくり見たくて、駅を降りてから、小町通りを走って美術館の門に入った時、階段に若い女の人が立っていた。やっぱりそれが君だったんだ。クレー展から、もう二十年以上経っていた頃、友達に紹介されて初めて会った時、『もしかして、あの時の、あの階段の人？』と、本当に驚いた。でも、まさか、そんなおとぎ話のようなことが……、とも思った。

結婚してしばらくして、本棚のカタログを見つけた時、『そうかもしれない、でも、違っていたら……』と、確かめるのが怖かった」

そう言い終わると、夫はその場を立ち、パウル・クレーのカタログを出してきました。

「これ、あの時のカタログ。同じだろう？　ずっとしまっておいたんだ。あの頃、これを買うなんて、貧乏学生には贅沢だったけど、あの日、思い切って買ったものだ」

そう言って、夫は私のカタログの横に、象牙色のカタログを並べました。

・・・・・・・・・・・・・・

窓の向こうは緑の衣装に着替えた山々。

目の前の朴の木は、大きな葉をゆったりと広げ、ミルク色の花を咲かせています。

夏の始まりの美しい朝です。

父が作ってくれた巻きずし弁当

西谷　六津美

当時。弟は小学一年生、私は小学三年生だった。山奥の全学年で百五十名もいない小さな小学校に通っていた。遠足は、一・二年生は近くの神社で、三・四年生は片道一時間半ほど歩いて、隣町の堤防沿いに続く桜並木へと毎年決まっていた。

私が三年生の四月、始業式が終わるとすぐ慣例の花見遠足があった。

遠足の近づいたある夜、両親がぼそぼそと話しているのを聞いた。

「弟が入院した。京都の病院に行って看病してくれ。付き添いの者がいないから。子供達は俺が見るから」

私は一瞬不安になったが、母はきっと遠足までには戻ると楽観視していた。

しかし、遠足が近づいても母は帰ってこない。日一日と近づく、父に尋ねてみた。

「遠足のお弁当は誰が作るの?」

「父ちゃんが母ちゃんに教えてもらったとおりに作るから心配せんでええ」

私と弟は、その言葉を信じて安心した。

そして遠足の前日、父の言葉を信じてよく眠っていた。

突然真夜中に「リーン」と一回だけ目覚時計が鳴った。

パッと父が止めた。目ざとい私は目が覚めたが隣の弟はよく寝ていた。父がそっと起き出し足音を忍ばせて、二部屋離れた板の間へと出て行った。外はまだ真暗だ。

しばらくして私も足音を忍ばせて台所近くの立て付けの悪い戸の透き間からのぞいて見た。

今から、七十年も前の台所といえば、どこの家でも母家の隅にあり裸電球が一個だけの暗く広々とした土間であった。そのため常にジメジメしておりオバケでも出そうでヒヤッとしていた。

男が台所に入ったり、ましてや料理を作ったりするなどもっての外、という時代だった。

おくどさんに薪を入れてごはんを炊いている様子。あっちに行ったりこっちに来たりと
父は台所を動き回っているが、戸の透き間からは何をしているのかはよく分からない。

まして父に気づかれないようにのぞいているのだから。慣れない弁当作りに右往左往しているのだけが見てとれた。新聞紙を大きな板の上に二つ折りにしてのせていた。

しばらく、のぞき見していたがあいかわらず、まだうす暗い土間をウロウロ歩きまわっ

ていた。そのうち私は眠くなり再び足音を忍ばせてフトンの中で朝まで眠ってしまった。

翌日は、快晴だった。遠足はいつものことだが、道中友達との会話が弾む。その頃は当然菓子等はなく、農家の子供ばかりだから、豆やそら豆の炊ったのをそれぞれの親が新聞紙に包んで数人が持参しており「ちょうだい」「ちょうだい」と皆手のひらに少しずつ分けてもらい喜んで食べた。だが豆は喉がかわく。私はアルミの大きな水筒のお茶を飲んだ。「アッ」母が春秋の遠足の時いつも作って持たせてくれている砂糖入りの甘いお茶だった。母の里は町内で大きな商いをしておりそこから常に砂糖をもらってきていた。

友達等も私を取り囲み「飲ませて」「甘い、おいしい」と別に気に止めることなしに、先の友達の飲んだ水筒のキャップに次々とまわし飲みをし、私を取り囲んだ。当時は汚いなんて全く思いもしなかった。担任の若い男の先生までも「僕にも飲ましてくれ」とクラスメートの飲んだ後のキャップで飲んで「甘くておいしいな」。皆家族のようだった。

私は少し鼻を高くした。

満開の桜並木の目的地に着いた。昼になり大きなアルミの弁当箱を出し周りを気にしながら新聞紙を開いた。私の好きな梅干入りでのりで巻いたオニギリであって欲しいと……願いつつ、するとそれはオニギリではなかった。変なお弁当を作ってくれていたら新聞紙で隠して食べようと思っていた。

でも。母が遠足にいつも作ってくれたのと全く同じような巻きずしが詰められており、いつものように卵焼きも入っていた。

ホッと息をついた。肩が軽くなった。嬉しかった。一つ手に取り口に入れた。母が作ってくれるのと同じであった。父が頑張って作ってくれたんだ。少しの甘さを除けば……クラスメートの半分は私と同様巻きずし弁当だった。ちくわ、ほうれん草、三葉、作りブキ、干ぴょう、沢庵を細く長めに切って入れてあった。

のりとちくわ以外は自分達の家にある品ばかりだ。私の巻きずしもいつものようにおいしい。しかし、しかし、見た目が淋しい。一瞬で気がついた。中心にピンクの魚のデンブが入っていない。そのため甘味が少し足りない。母はデンブも里からもらってきていた。それが中心に入っていると美しくおいしかった。母の巻きずしと同じだと思いながら口に運んだ。仲良しのまゆみちゃん等にもあげた。

ある時、父の部下が言っていたことを思い出した。「先輩は軍隊の炊事係をされていたから料理が上手いですね。以前いただいた巻きずしは絶品でした」

そう言えば母は巻きずしを作るのは苦手だと聞いたことがある。

ならば巻きずしは父が作っていたのではないか……。男性が台所に入るのは良しとされなかった時代だから内緒のことだったのかもしれない。

もしかしたら、父が巻きずしを巻き、母が中心にデンブ等を入れて、父がしっかり新聞紙で巻くという父と母の共作だったのかもしれない。そんな想像をした。残さず全部食べた。

遠足から帰宅すると父に「ありがとう。巻きずしおいしかった」と言おうと思っていた。「ただいま」と言うと、父が待っていたかのように「弁当どうだったか？」と尋ねた。

そのとたんに私から飛び出した言葉は思いもしない「ピンクのデンブが入っていなかった。お母ちゃんの巻きずしにはいつも、デンブが入っていてきれいだ」と、私自身が予期してない父を責めるような言葉が出てしまった。

無口で温和しい父は表情も変えず無言のまま私の顔をじっと見つめて立ちつくしていた。何十年経ってもその時の立ちつくした父の顔を私は忘れることが出来ないでいる。

私はだんだん泣けて声まで出してしまい、寝室の奥の間に駆け込んで角の方で膝をかかえて泣いていた。心の中で「お母ちゃん。お母ちゃん。早く帰って来てよ」と……。


ピンクのデンブでなく、母に会いたいんだ。電話はどこの家にもない時代だ。声だけでも聞きたいと一人泣いていたら、弟がそっと部屋に入って来た。私の脇に並んで同じように膝をかかえて座ったけど、父親似で温和しくやさしい弟は、一言もしゃべらず無言のまま時が過ぎていった。しばらくして弟は一言も話もせず私の頭をなでてそのまま部屋を出ていった。

それから一週間もしないで待ちこがれていた母が「ごくろうさんだったね」と言って帰

って来た。遠足はどうだったとも聞いてくれなかった。淋しくて泣いたことを話そうと思っていたのに、巻きずしはおいしかったと。

でも母にたまらなく会いたかったんだと。

父にも詫びていないと、家族全員が我が家は無口であるし、私の反抗期だったんだろうか。と言い訳を考えてみたり。

十年後、父は胃ガンで五十三才で一人前に成長してない私や弟の身を案じつつ亡くなった。私は心の中では詫びつつも「ごめんなさい」のたった一言が父の顔を見ると素直に口に出せなかった。

いつの頃からか仏壇に手を合わせ時々「ごめんなさい」とあの時の淋しそうな父の顔を思い出しては謝っている。

大切な思い出はいつまでも心に住み着いている。

諦めないといけない夢はない

ほんだ　あけみ

「あのね、ボク達には諦めんといけん夢があるってわかる？」

目の前にいる小五の男の子がさびしくそう言った。私は小児病棟にいる。小児がんなどで長期入院をしている子ども達に勉強を教えている。

「えっ？　諦めんといけん夢？　そんなものはないよ。夢は諦めなければ必ず叶うんだよ。大丈夫だよ」

男の子の前で満面の笑みで、心からそう言える自分であることが嬉しかった。数年前までは真逆だったから。

『何故自分が壊れるのかわからない』

私は生みの親を知らない。そして養母から精神的な虐待を受けて育った。私の中で無かったことにしたいこの事実に長年苦しんできた。生きることは苦しくてつらいことだとずっと感じてきた。

大人になり就職、結婚、出産……どこかのタイミングで人生が好転しないかなと淡い期待もあったが、良い人、良い娘、良い母、良い先生でなければ、この世の中で生き抜けないと感じる日々だった。

四十代に入り、体が壊れ心が壊れ「死」という言葉が頭をよぎるようになった。そこまできても、何故自分が壊れるかわからなかった。人生はそんなものだとさえ思っていた。

『私は私のものさしで生きる』

いよいよどん底まで落ちた時、このまま人生が終わるのかと思った。でも心の奥深くに小さな炎はゆらめいていた。

「このまま終わるのはイヤだ。私は笑って自分の人生を生きたい」と。

そこから八年間、私は自分を生きることに集中した。最終目標は、生きることは楽しいと胸を張って伝えられる人になることとして。

まず環境を変えた。家庭裁判所の手続きを経て成年後見制度を使い、母の介護を第三者に託した。そして自分の内面を見つめた。カウンセリングを受け、どうして壊れるような生き方しかできなかったのか探り、自分の人生を生きるとはどういうことなのか模索した。

そして新しい趣味をみつけ、どんどん外の世界に出て行った。初めてギターを手にして音楽活動をし、車中泊をしながら旅をし、好きなことにたくさんの時間とエネルギーを注いだ。

新しい自分で人と関わる……みんなが笑っている、楽しんでいる、そんな中で「私っていいかも」と、ちょっとずつちょっとずつ思えるようになってきた。

自分の思う通りに動いていいんだ。

自分のことを好きになっていいんだ。

自分のものさしで生きていいんだ。

……動けば動くほどにその思いは強くなっていった。

『そして出会い』

その頃配属されたのが院内学級……体の病気や心の病気で入院してくる小中学生に勉強を教える仕事だ。

心を病んで入院してくる子ども達は、病院の中にある教室にすら来られないこともある。そんな時は部屋に顔を見に行く。

「つらいよね。きついよね。学校に行かんといけんってわかっとるのに体が動かんのよね。わかるよ……私がそうだったから」

この言葉を心からかけてあげられる。不安でいっぱいの子どもの顔が、ほっとした柔らかい笑みに変わる。

「私も病気でね、学校に行けない先生だったんだよ。教室に入ることがどんなにきつくて吐きそうだってことわかるよ。私も同じだったんだ。でもね、必ず治る、必ず元気になるよ。今の私すごい元気でしょ。大丈夫、大丈夫だからね」子どもの手を満面の笑みで包み込む。

思春期の不登校の子ども達に出会うと、なりたい自分になろうと話す。私が人生どん底の時、生きる気力も無かったけど、それでも他人任せにせず自分で道を探り進んでいった経験を話す。

「人生の決定権は自分にあるんだよ。思っているだけじゃ何も変わらないんだ。自分が動いて初めて変わるんだよ」

「きつい時は歩みを止めて休めばいいよ。必ずまた歩き出す時が来るよ。必ず来る。心からそう信じてる」

力強く子ども達の手を握って言える……私がそうだったから。

小児がんで入院してくる子ども達に出会うと、たくさんのほめ言葉と共にとにかく笑う。大きな声で笑う。一年近くの長い治療の中で子ども達は、治療の不安、将来の不安、勉強の不安、地域（元の学校）の中で忘れられていくのではという不安……たくさんの不安の中で過ごしている。きっとたくさんの諦めも経験しているはずだ。死をも覚悟する程の重い病気と闘う子ども達に「ボクは大丈夫、ボクは生きる」というエネルギーを持たせてあげたい。勉強中も遊びの中でも、具体的にいっぱいほめてあげると、子ども達は自分の良さに気付いて「ボクってすごいよね」と言う時が来る。「やったー」と心の中でガッツポーズだ。

「先生みたいになりたいんよね、だって何だかよくわからんけど楽しそうじゃん」

「そうだよ。生きるって楽しいんだよ。大人になるって楽しいんだよ。だから早く元気になろうね。ずっと応援してるよ」

こんなやり取りができるのが嬉しくてたまらない。

『すべて肥料になった』

私が過去に経験したことは確かにつらかった。もちろん親に愛されたかったし、優しくされたかった。一枚でいいから笑顔の写真を残したかった。なぜこんな人生を歩かされてきたのだろうと思った時期もあったけど今は違う。

新しい自分になってたくさん笑い、人と交流し、子ども達と有意義な時間を過ごし、今の私は幸せだなと思う。不思議と、今の自分が幸せだと過去のしんどかったことも水のように流れていく感じがする。大事なのは今だ。

「今ここに私は生きる」と言える。
相田みつをさんの詩「肥料」を目にした時まさにこれだと心打たれた。
……あのときの　あの苦しみも　あのときの　あの悲しみも　みんな肥料に　なったんだなあ　じぶんが自分に　なるための……

『さいごに』

冒頭の小五の男の子に教えられたこと……諦めないといけない夢はない、心からそう子ども達に語る以上、私も自分の更なる夢に向かって歩き続ける自分でありたいと思う。内側からこみ上げるエネルギーと満面の笑みで病気と闘う子ども達、支える家族、そして生きることがつらい人達に寄りそい、包み込んであげられるような生き方をしたい。

20年のスコアボード

齋藤　貫太

試合のない月曜日。

スコアボードを見返すだけでも楽しいんだ。

前日の熱戦を思い浮かべ、選手達の息遣いを感じることができるから。

目が覚めると、そこは病院だった。

僕の頭の中は真っ白。

広い世界に1人ぽつんと残されたようだった。

僕にもスコアボードがあるとすれば、それは音もなく霧の中に消えていった。

僕の名前は齋藤貫太。

生まれつき脳性麻痺の障害があり車いすで生活している。生まれた時は、1204gの小さな赤ちゃんだった。

運動神経の伝達がうまくいかず、思うように手足が動かなかったり、体が硬直して緊張してしまう障害だ。体の硬直のことを、筋緊張と言い現在もこの症状は続いている。痛みがひどい時は辛くて泣いてしまう時もある。

僕が3歳の時、体のことを考えて埼玉から沖縄へ移住した。

父母姉の4人家族。とにかく明るい家族。

父は僕をバリアフリーでない所へ連れて行くのが好きで、海山滝色々連れて行ってくれた。特に印象深いのは、富士登山だ。

26人の仲間と一緒に父が僕を背負って頂上まで登ってくれた。その日見た景色は今でも忘れられない。

小学校から特別支援学校に通い、性格も明るく積極的で、自分で言うのも何だけど学校で人気者だった。

小学6年生の時、児童会長になったこともある。この頃は、電動車いすの操作もできるようになり、お財布を首からぶら下げて、1人で買い物を楽しむこともできた。

中学部になると成長期で筋緊張も悪化して授業中も辛かった。

僕は普通高校の受験を希望したが、体力がないことや将来を考えて担任の先生や家族とも話し合い断念した。

同じ学校の高等部へ入学が決まった。

試験問題は普通高校と同じ、体が痛い中試験も頑張った。

高等部1年の頃は、ｉＰａｄの操作を少し触っただけで感知する専用のスイッチ機器などを使い、１人で操作できるように練習もした。将来はパソコンを使った仕事がしたいと思っていた。

高等部2年、２０１８年5月31日学校で事故が起こってしまった。

僕はいつも通り学校に通っていた。

その日は、プールの授業がありワクワクしていた。

去年は手術のための長期入院があり、プールに入るのは2年ぶりだったので本当に楽しみだった。あの日の午後までは……

体育の先生に介助されプールに入り、気持ちよくぷかぷか浮いていると、急に頭の中が真っ黒になり僕は暗闇の中に落ちていった。

突然の筋緊張で首が思わぬ方向へ曲がり、介助者が対処できず呼吸が止まり、そして僕は心肺停止になり救急搬送された。

その後意識は回復したが、僕の頭の中は真っ白だった。

目の前にいる家族のこともわからなく、お父さんお母さんの名前も、何をやっている人なのかもわからなかった。

野球の大好きだった僕にその日の試合のスコアボードをお父さんが見せてくれた。

すると、呂律の回らない口で、「あれっ？　どうやってどうみるんだっけ？」そう言ったそうだ。

この時お父さんは、事の深刻さに気づいた。

そう、記憶障害を起こしてしまったんだ。

過去の記憶がなくなってしまうと、自分がどんな人なのか？　どんなふうに過ごしてきたのかも全く分からなかった。今まで会った人の名前、毎日来てくれるヘルパーさんのことも忘れてしまった。今まで頑張ってきた勉強もできなくなり、物の名前も分からなくなった。

果物、野菜、動物の名前が本当になくなってしまった。

テレビを見ても知らない人ばかりでつまらなかった。

僕の人生は終わった。絶望感しかなかった。

事故後、学校へ行っても初めてみる顔ばかりで、僕は「初めまして齋藤貫太です」と何度も会ってる先生方に挨拶をした。

僕には全て初めて会う人たちばかりで、まるで入学したばかりの小学生のようだった。

僕の状況を話すと、泣いてる人もいた。

でも、僕は何でこの人が泣いているのか分からなかった。体の麻痺も以前より強くなり、筋緊張も悪化し、その日から両親が付き添いで登校することになった。呼吸が止まらないように付きっきりで見る必要もあったからだ。

授業内容も大幅に変わり小学校低学年レベルからスタートで、算数の足し算、引き算からすることになった。簡単な問題でも、頭が疲れてしまい、集中力も10分程度で休憩ばかりしていた。とにかく頭をつかうと疲れて眠くなりウトウトしてしまい眠ってしまう。眠ってしまうと、その日それまでしたことも忘れてしまい、色々な出来事がすぐにリセットされてしまう。勉強も、同じことを繰り返してもなかなか覚えられなかった。僕は何の為に学校に行ってるのか分からなくなり休むことも多くなった。両親も心配で病院に何箇所も行き、診断はおそらく高次脳機能障害だろうということだった。

それから、言語訓練を一年し、物の名前を1日5個覚えるのも精一杯だった。

記憶を留めることができなかった僕は、毎日日記を書くことにした。写真もたくさん撮って思い出を残すようにした。今も書いている。

唯一救いだったのが大好きな野球のことは何故か覚えていた。小さい時から巨人ファンで、ルール、選手名などは忘れていなかった。

高校野球なども毎年全試合を観ている。野球大好き人間だ。

高等部三年になっても記憶障害はあまり変わらないまま卒業を迎えた。

行き場がない僕は、家にいる状態。

障害のある人が利用できる施設も僕の場合は付き添い者がいないと利用できない。

慣れた介助者でないと筋緊張が強く呼吸が苦しくなった時対応できない為、結局は僕の体を分かってる両親でないと無理なのだ。

でも前触れもなく、その日はいきなりやってきた。先の見えないトンネルが続いたある日、大好きな野球の話をお母さんとしていると突然色んな映像が次々に頭の中、目の前に現れた。僕は過去のことを突然思い出した。

全てではなかったが思い出が帰ってきた。

僕は思わず嬉し涙が止まらなかった。

思い出が戻ってきて本当に嬉しかった。

でも別の苦しみの心が生まれた。

それは後悔の気持ち。もう少し早く記憶が戻っていたら。

学校でもっと勉強したかった。

友達や先生方ともっと思い出を作りたかった。

もしプールに入らなければどんな人生だったたか考えてしまう。

生きてる価値ってあるのかな？

死にたいって何度も思った。

目の前が真っ暗になる。

もう人生終わりにしたいそう思う時もある。

現在僕は20歳。

脳性麻痺と高次脳機能障害の二つの障害になってしまい、野球にたとえると嬉しくないが、二冠を獲ってしまった。

記憶障害も以前よりはいいが、いつも来てくれるヘルパーさんの名前何だった？

冷蔵庫って何だっけ？

自分が誰か分からなくなることもある。

そんな僕にも周りの人は慣れていて○○さんだよ。

食べ物冷やす物だよ。

しばらくして僕は、あーそっかと思い出す。

今は、頭を鍛えるため、ＹｏｕＴｕｂｅで勉強している。

小学3年の算数、中学の国語、社会、英語などにもチャレンジしている。

体に強い痛みがなく1日過ごせたら幸せ。

おいしいものを食べたら幸せ。

笑えたら幸せ。

幸せは日常にたくさんある。

僕は、今日も前を向いて歩いていく。

僕のスコアボードは、延長戦へと続く。

ファサード

志をん

四半世紀ぶりに戻って暮らしている生まれ育ったまちで、初めての美容院のドアを開ける。

田舎まちにしては洒落たファサードのその店のことは、ずっと気になっていた。

ファサードというのは建物の正面デザインのことで、いわば建物の顔。人間と同じで、そこには様々な情報が詰まっている。

行き慣れた都心の美容院まで二時間半。通えないこともなくて五年が過ぎていた。

都心での生活を、少しでも自分の中に残しておきたい気持ちも大きかったと思う。

白髪交じりではあるけれど、私よりずっと若い男性美容師が、一人で全てをこなしているその小さな店は、表の雰囲気通りの居心地の良い空間だった。

五年もかかってしまったのにはもう一つ理由があった。その店は近所過ぎた。

「出戻りなんです」

という私に、実家を店に改装したという店主は、特に興味も無さそうに
「そうですか。では、もともとご近所の方ですね」

と応じ、そしてやっぱり言った。

「じゃぁ、中学は一緒ですね」

この話題になった時、その後の展開が面倒だなと思う気持ちが、この店に入らなかったもう一つの大きな理由だった。だけど、この五年ですっかり開き直った私は、この話題にどう応じるか、もうとっくに決めていた。

「そうですね。でも私、中一の時、呼び出されて『カンニングさせて』って言われて。書いた答案を回せって。断ったら毎日のように嫌がらせ。そこからは本当に地獄で。明日はもう無理かもって、何回も思って。だから、大嫌いなんです、中学」

単純に、その話題は終了。くらいの気持ちだった私に、店主は
「僕も大嫌いですよ、中学」

意外だった。

実家に店を構えているくらいだから地元が大好きなのだろうと、勝手に想像していた。

実際、都会の喧騒からほどよく離れ、のんびりとした海のあるこのまちが好きで、離れることなんて考えたこともない、という友人を何人か知っていた。出戻って暮らすことに

なってしまった以上、出来ればあまりこのまちのことを悪く言いたくなかった。だから、この中学の思い出が辛すぎて、個人的な理由でそこだけは嫌いなんですよ、と言っておきたかった。

何だか拍子抜けしてしまった私に

「最低ですね、そんな奴ら」

当時、本当に毎日が死にたいほど辛くて、学校に行きたくないと打ち明けた私に母は

「あなたは何も悪いことをしていないのだから、毅然としていればいい」

と言い放った。正論。だけど私には全然響かなかったし、何の救いにもならなかった。味方はもう誰も居ないと思ったし、愛されていないとも思った。同級生だけでなく、周りは全て敵だと感じて、殻に閉じこもった。

学校以外の居場所が欲しくて塾に行きたいと言ってみたけど、却下。せめて高校は知っている人が誰も居ない東京の私立に行きたいとも言ってみたけど、もちろん却下。愛もないけど、家にお金も無いから、私は幸せになれないんだと思いこんだ。

それは、どちらも事実ではなかったかもしれないけれど。

「今はご実家にお住まいなんですか。都内ではどちらに？」

ごくごく自然な美容院の会話。

「はい。最後は品川のタワーマンションに住んでました。夫は結構な三代目で。でも五年

前に倒産しちゃって。その時はもう血も凍って、誰にも会いたくなかったんですけど、大好きな銀座のママが居て。最後にママにだけは会いたいと思って会って話したら『実家に帰ったら』って。その選択肢は全く無かったんですけど、ママに言われたら何だか急に、そうしようかなって。どうせ死ぬならそっちの方がいいか、くらいの感じですけど。そう思って開き直って帰って来てみたら、中学の同級生なんか全然会わないし、会う人会う人みんないい人で。みんな優しくて。思ったより良いところですっかり元気になっちゃいました」

鏡越しに店主に微笑みかける私の顔は、どこからどう見ても健康そのものだ。

「そうなんですか。いや、何か凄いですね。実は僕、最近、銀座にハマってまして」

「え？　クラブですか？」

「違いますよ。銀座にカットの勉強に通っています。まぁ、どっちが正解ってこともないんでしょうけど、歩いている子どもも違いますよね、この辺とは。銀座」

まさか、こんなところで銀座の話になるとは。さらなる意外な展開に驚きつつも、私の身の上ダイジェストにも差し詰め態度を変えるでもない店主に少しホッとして、久しぶりに色々なことを思い出した。

夫が社長を務めていた会社の突然の倒産。娘はまだ学生で、とにかく私が守らなきゃ、とにかく卒業だけはさせなくちゃ、と必死だった。

銀座と言えば、私にはもう一つ思い出すことがある。

六年前、聖路加国際病院で乳がんの手術をした。告知を受けたときは衝撃で、こんなに長く生きるとは思わなかった。ましてや生まれ育ったまちに戻って生きているとは。

髪はいつの間にか丁寧に仕上げられていて、すっきりとした自分が鏡に映っている。

そう、美容院はそういうところ。

夜逃げ同然で、慌てて娘を連れて引っ越した、古くて暗いマンションの一室で、鏡に映る青白い顔。そんな、ボロボロの自分から逃げるように、お気に入りだった美容院へ行った。

他に行くところは思いつかなかった。

店に着いて、鏡に映った自分は幽霊みたいで正直ギョッとしたけれど、たわいない会話をしているうちに別人みたいに仕上がって、不思議と顔色まで良く見えた。

これならもう少し生きて行けるかも。アニメでいう「新しい顔」だ。

あれから五年。思いがけない人や、思いがけないものに救われて、生きるときは生きるんだなと思う。

ただ、生きれば生きるほど何が幸せなのかわからなくなってしまう。

こんなまちに生まれなければ。もっとお金があれば、東京の私立にさえ通えたら、幸せになれると信じていた中学生の頃。

望み通り東京の人と結婚してこのまちを出て、娘は幼稚園からずっと私立に通わせた。念願だった何不自由のない東京の暮らし。

それなのに、なぜかいつも私は、何かが足りないような、満たされない思いを抱えていた。

最近つくづく、あのまま生きていても私は幸せにはなれなかったと思う。

永遠に、足りないものばかりを数えて。

生きて、わかったことがあるとすれば、こうしてすべてをさらけ出して、書いて、それを見知らぬ誰かがほんの少しの興味を持って最後まで読んでくれることを想ったとき、私はとても満たされた気持ちになる。

ただ、それだけ。

お疲れ様、おやじ

熊岡　奈緒美

いつの頃か、父親をおやじと呼んでいた。

幼少期はパパだったのにえらい違いだ。

おやじは大酒飲みで、一か月の給料の半分を一日で使ってしまったこともあるという呆れた人で、これには家族全員が困らされた。

大手電機会社の営業職である自分に異様な誇りを持ち、母が金のことで文句を言おうものなら「営業マンの女房が金のことでとやかく言うな！」である。

赤ん坊の私とまだ二歳の兄を抱え、三十九度の熱を出した母が玄関で休むように懇願しても足にしがみついた手を振り払って出ていく。

そんな男だから当然といえば当然か。

なので必然、年頃になった私は幾度となくおやじとぶつかった。おやじは、それはもう口が悪く、何回「この馬鹿野郎！」と言われたか分からない。

そんな反面、おやじは大変な仕事人間でもあった。毎朝一時間早く出社し、夜は付き合いで午前様。それが功を奏したのか日本でも有数の大会社。学閥がひしめく中、中途で入り、商業高校卒にもかかわらず父の出世は早かった。

そんなおやじの本社最後の日。六十五歳の誕生日に大きな花束と、記念の時計を貰って、東京から横浜までタクシーを手配してもらい帰ってきた。四十年間勤めた会社。おやじは家の電化製品を全て自社の物にしていた。たまに安かったので違うメーカーの物を買うと怒って捨ててしまったものだ。

けれど、おやじは六十五歳で花と時計を持たされて会社から捨てられた。

六十五歳は意外と若いことを知った。まだまだ働けるし働かなくてはいけなかった。あと少し家のローンが残っていたのだ。大会社は子会社を紹介してくれたが、以前のようなきらびやかな仕事では無かった。

早々に会社を辞め、ハローワークで大手銀行のロビーマンに転職した。おやじにとって退職してからの人生で、その頃が一番の華だったかも知れない。若い行員の女性から、クリスマスにポインセチアの小さな鉢を貰って喜んで帰ってきた顔を今でも覚えている。

七十歳になりそこも辞めたが、穏やかな暮らしを送ることはなかった。その頃から認知症の症状がおやじに見られ始めたのだ。

おやじは自動車が好きでよく地図を片手に遠出をしていたが、いつも行っている病院まで行くのに一時間掛かったり、何回も行ったことのある親戚の家まで行きつけなくなってしまった。家族会議の結果おやじの免許を返納することに決まったが、最後までおやじはそれを拒否していた。しょうがなく鍵を隠すと、気が狂ったように怒るので鍵を返す。しかし母のある一言がおやじを劇的に変えた。

「もし優斗を轢き殺したらどうすんの！」

そのたった一言でおやじは「それもそうだな」とあっさり免許を返納してきた。

優斗は私の一人息子であり、おやじにとっては孫だ。自分の子供の世話は母に任せっきりなおやじだが、孫である優斗のことは目の中に入れても痛くない程、可愛がっていた。

だが、その間も着実に認知症は進んでいた。

仕事人間とは悲しいものだ。仕事を取り上げられたら後には何も無い。毎日ただテレビを見たり、昼寝をしたりを繰り返した。

そんなある日、突然母が家出をした。

おやじとの生活で疲れが限界に来ていたのだろう。しかし、一週間後に母はおやじを連れて再び姿を消し、そのまま戻らなかった。

一度だけ母から電話があったが、探さないでくれという内容だった。あのときの母の心情は今でも分からない。

それから瞬く間に五年の月日が経ち、小さかった優斗も中学二年生になっていた。

そして、ついにその日はやってきた。

日頃あまり付き合いの無い兄から、こんな連絡が来たのだ。

「……今すぐ、ある病院に来てほしい」

続けて兄はこうも言った。父さんが危篤なんだ、と……。

指定された病院を探すと、私の住む町から二時間半はかかる場所だ。すでに夜も深いが私は息子を連れ、病院へ向かった。

途中、豪雨に見舞われ体温が奪われる。

唇を青くさせ病室につくと、そこには何本もの管に繋がれたおやじが息苦しそうに酸素マスクを着けて目を半開きにしていた。

あまりの光景に涙も出なかった。

私はおやじに駆け寄り、

「私だよ！　私と優斗が来たよ！」

と耳元で大きな声を出した。すると、もう目が乾燥して死の淵に立ったような形相のおやじが僅かにうなずいた。

「耳だけは聞こえると思います。どんどん話しかけてあげて下さい」

看護師さんに言われたその言葉は、おやじの死が近いことを告げているようだった。

あんなに憎らしかったおやじ、母を困らせ子供には殆ど手をかけなかったおやじ、私のことを馬鹿野郎と言ったおやじ……おやじ。

会社で頑張ったおやじ、退職日悲しそうにタクシーで帰ってきたおやじ、第二の人生でロビーマンになったおやじ、一度だけ二人でお酒を呑んだことのあるおやじ……おやじ。

気がつくと大きな声で叫んでいた。

「会社は立派だったこと」「おやじは頑張ってカッコよかったこと」「優斗と良く遊んでくれて感謝していること」……繰り返し耳元で叫んでいた。

延命処置のことなど話したことは無い。でも今はおやじに生きてほしかった。私は看護師に強心剤を打ってくれませんかと懇願した。だが隣にいた息子が首を横に振り、言った。

「これ以上じーちゃんを苦しめたくないよ」

私はハッとなって、すぐに止めた。

もう反応は無いと言われていたおやじだったが、会社のことを話すとハッキリと頷いた。

おやじは企業戦士だったよね、カッコよかったよ、と言うとコクリと頷く。

私と優斗のことは好きだった？　また小さくコクリと。病気が治ったらおやじの好きな焼き芋食べようね。コクリと……。

そうしてる内に病室の扉が開いた。

「おやじ、お兄ちゃんが来たよ！」

すると不思議なことになんとか落ち着いていた心拍数と酸素飽和濃度が下がり始めた。びっくりして「おやじ」「おやじ」と叫びながら身体をさする。

それからどのくらい経ったであろうか。

おやじはもう息をしていなかった。

今考えると、おやじは安心したのかも知れない。もっと言うと私や優斗だけだと心配していてくれたのかも知れない。

しばらくして医師が死亡時刻を告げた。

その後のことはあまり覚えていないが、優斗が「ちょっとじーちゃんと二人にして」と言って、私と兄を病室から追い出した。ロビーで待っていると嗚咽混じりの声が聞こえてきて私の胸を締め付けた。

自分の子供を育てなかった分、たくさんの愛情で優斗を愛したおやじ。優斗の方が実の子供より悲しんでいたのかも知れない。

「後はオレがやるから、家に帰ってくれ」

と兄はタクシー代を二万円くれた。

しばらく経ち、病室にそっと入ってみると優斗はもう泣いていなかった。ただ静かにおやじの手を握っていた。

タクシーで帰る旨を告げると無言で病室から出てきて深夜の高速を東京から神奈川まで

帰った。お兄ちゃんらしく、三千円タクシー代は足りなかったが。

翌日、優斗は学校を休んで私と一緒に鎌倉に行った。なぜかとても清々しい気分だった。

有名な寺には行かず、敢えて人の来なさそうな寺をいくつかまわった。

昨日の雨が嘘のように晴れて苔がつややかな光を照り返していた。

わすれられないおくりもの

湧泉　朝

スーザン・バーレイの『わすれられないおくりもの』という絵本がある。賢く優しいアナグマは、森の皆に頼りにされるが、歳をとり死んでしまう。皆は嘆き悲しむが、時が経つと、アナグマの思い出を語り合えるようになり、そのうち、アナグマが一人一人に宝物となるような知恵や工夫を残してくれたことに気づき、思い出を大切に生きていくという物語である。アナグマのように生きた祖母に大切なものを教えてもらった私は、この春、五十七歳を迎えた。

平成二十七年、祖母九十九歳の正月、「ばあちゃん、来年まで体がもたんと思う。これが最後のお年玉になると思うけん、ごめんなさいよ」と言いながら、新札の入ったお年玉袋をひ孫たちに手渡してくれた。

その二か月後、脳梗塞で倒れ入院、視力にも障害が出て瞳には何も映らず、ぽつぽつと声だけのやりとりが続いた。もうとっくに覚悟はできていたのだろう、不随となった自分の体を嘆くことは一度もなかった。幼い頃、祖母が私にしてくれたように、顔の産毛を剃ってあげると、「男衆みたいなで？」といつものユーモアで笑わせてくれた。「ばあちゃんがおってくれてほんまに良かった、ありがとう」という弟には、「こちらこそありがとう」と返してくれた。

そんな一時が過ぎると、祖母は、束の間、別の世界に入った。幼子に戻ったように、見えない糸を両手で一心に巻いていた。会いたい誰かと一緒にいたのだろうか。

入院一か月後の未明、血中酸素濃度が薄くなる中、病院スタッフに「お世話になりました」と伝えた後、静かに旅立ったという。あっぱれ、本当に最期の瞬間まで私の思う祖母であった。

幸せな人生だったかどうかはわからない。

フィリピン沖で戦死した夫の骨は戻らず、戦時中、七歳だった次男は流行病チフスで水をほしがりながら死亡、七年にわたる一人きりでの義母の介護、生活と先祖の土地を守り抜くため田畑を耕し続けた貧しい暮らし、親戚に頭を下げ学費を捻出し進学した長男の突然の大学医学部中退、ひと月泣き暮らしたという五百キロ離れた地への三男の家出、気づいてやれなかったと悔やみ続けた孫（私の兄）の病気と死、自宅の全焼……穏やかな日々はなかっただろうに、どこまでも清く、まっすぐで、慈悲のある人だった。

戦後、結核を患い、住む場所を失った男性の一家を納屋に住まわせた。その妻が生活のために始めた豆腐づくりを、凍える中、日の明けないうちから手伝い、行商に出ている間はその家の幼子二人の面倒をみ、生活が立ちゆくまで支援を続けたと聞く。

ある日、家にかかってきた電話を受けた小学生の私は、相手に「祖母は元気か」と問われたことで思わぬことを知った。戦争後、親戚の皆から、家の存続のため婿を取るよう迫られた祖母。交際中に、相手の男性が反発する長男（私の父）を平手打ちしたため、祖母はその人を決して許さず、二度と敷居をまたがせず、それ以降、一度も会うことはなかったという。電話はその人からで、あるところの市長をしていた頃のものだった。

とてつもなく大きな後悔がある。里帰りした母が、夜、祖母への不満を身内に話したのを聞き、私は布団の中で泣いた。救いは、「あんなに良い人はいない」という親戚たちの言葉だった。帰宅後、抱え込むことのできなかった私は祖母にそれを伝えてしまった。祖母は「そう」と一言言っただけで、母を責めることはなかった。そんな母にも、祖母は、「いい孫たちを生んでくれてありがとう」とたびたび感謝した。

祖母の死の翌月、後を追うように病死した父は、地域の人から様々な相談や困りごとが寄せられ解決に動いたが、正義感が強すぎて過剰に動きすぎ、最後には嫌われたことや、お金を持ち逃げされたことが幾度もある。また、自分にも人にも厳しく、完璧を求め、失敗を許さない人であり、私たちをそのままに認めてくれなかった。その理由が最近やっとわかった。父は「父親」というものを知らずに育ち、弟二人の親代わりになるため急いで大人にならざるを得ず、子ども時代を失ったまま育ったからだと。

幼い時から私は、母のケアラーだったと思う。タンスのひきだしに「くつした」「パンツ」「シュミーズ」「うえのふく」「ズボン」と書いたシールを張り、母の脱ぎっぱなし、裏返ったままの、畳にあふれる服をたたんで入れた。あけっぱなしの化粧水や乳液に蓋をし、ブラシに絡みついた髪の毛をとり、口紅で汚れた鏡台を拭いた。ここ数年で障がいのため、どうしても片付けができない人がいることが報道されることが多くなり、母がその一人だと悟った。今も、母の部屋は同じありさまである。

母子家庭で苦労して育った父と、不自由なく甘やかされて育った母は馬が合わず、主張しあい、分かり合う努力をしない夫婦であり、そんな両親のところには、私達五人の子どもが安心できる居場所はなく、祖母だけが心の拠り所であり、祖母の愛情によりやっと大人になれた。

子ども時代の私は、初めての孫である「姉」、家を継ぐ男児の「兄」、小児ぜんそくで病弱な「妹」、西洋人形のような顔をした末っ子「弟」、その四人に対する周囲の愛情と、中子である自分への愛情の差を感じていた。自分も愛されていることを知らず、いつも、自分は「橋の下で拾われた子」であり、本当の両親はずっと私を探し続けており、そのうちきっと迎えに来てくれる、と空想していた。

また、ひねくれていたせいか、祖母に一番叱られたのも私であり、ほうきをもって追いかけてくる祖母をかわし、身の軽さを生かしては、いつも屋根の上に逃げ込み、ほとぼりが冷めるまで過ごした。当時はよく、日の光で温められた屋根瓦の上でいることが多かった。寝転び、空を見上げては、あの雲に乗って遠くへ行けたらと望んだり、目を閉じて風の音を聞いた。二階建ての家より高く育ったクスノキの緑の葉の下で、私の心も体も癒やされた。私の成長につれ、クスノキには空洞ができ、次第に枯れはじめ、命を終えた。

兄弟の中で、誰より丈夫であったのも私だった。兄弟や同級生が、はしかやら、水ぼうそうやら感染症にかかる中、一人元気だった。丈夫な上、大人並みに手際が良かったため、田んぼや畑の手伝いに駆り出されたことも一番多かった。田畑を持たない家の子がうらやましく、決して農家にはならないと誓った。

あれから、ありふれた中学生、高校生、大学生を経て、役所の職員になり、二人の子を育てていると、いつの間にか人生の折り返し地点も過ぎた。その間五十年、祖母は私を認め、何かあればともに考え、勇気づけ、支えてくれた。

祖母が亡くなって七年、絵本のアナグマのように残してくれた知恵や工夫は、生きていく私を幾度も助けてくれる。何よりも感謝したいことは、いつの時代にも、誰もが問う、「人はどう生きるのか」の答えについて、祖母の生き様を通して、一つのヒントを与えてくれたことだ。

ロシアがウクライナに侵攻し三か月、連日、テレビニュースでは、大切な人や、今までの暮らしが奪われ、明日の自分の命の保証がない多くの人々の不安な顔が流れる。国内でも、大切な子どもの命が、親やそのパートナーによって簡単に奪われている現実がある。このような時代に、人生後半戦を迎えている自分はどう生きれば良いのか。今も傍らで、私たちを見守り、幸せを祈り続けている祖母が私に問うている。

初めての〝二度目の命〟

鎌田　佳奈恵

一九六七年十月二日、死産だと思われていた女の子が元気な産声を上げた。二五〇〇g、若干小さめではあったが、確かに生きている証の第一声だった。

その一週間前、医師は母親に悲報を告げていた。「残念ながら赤ちゃんは、お腹の中で亡くなっています」

唖然としながらも母親は医師に尋ねた。

「お腹の赤ちゃんは、男の子ですか？　女の子ですか？」

「女の子でした」

長男・次男を既に授かっていた夫婦にとって十年振りの待望の女の子だった。

気丈にも母親は、再び医師に尋ねた。

「この子は、あとどの位お腹の中に居られますか？」

医師は少し驚きながらも「母体の健康管理上長くて一週間でしょう」と告げた。夫婦は、一週間後の悲しい受診予約をして病院を後にした。

それからの一週間、敬虔なクリスチャンであった夫婦は祈り続けた。「神様、どうぞ、最愛の娘を私達にお返しください」

楽しみを待つ時間は長いのに、悲しみを待つ時間はあっという間だった。

一週間後、夫婦は再び産院を訪れる。母親の名前が呼ばれ、診察室に入ると医師が優しく語りかけた。

「お母さん、一週間よく頑張りましたね。処置をする前に一応お腹の中の様子を診てみましょう」

そう言って医師は、聴診器をお腹に当てていく。途中で医師の表情が少し変わった。そして更に丁寧に診察した後、看護婦に何やら指示を出し、母親に向けて話しかけた。

「お母さん、お腹の中で赤ちゃんの心音らしき音が聞こえているのです。これから機械を使って更に詳しく調べていきましょう」

「え……」

すぐには医師の言葉が飲み込めなかった母親の側に機械が置かれ、機械から出てくる結果を医師と母親は食い入るように見つめた。

機械から流れてくる紙に胎児の心拍数と胎動の波が印字されていく。

「お母さん、赤ちゃん、生きています！」医師が興奮したように母親に告げた。

「ああ、神様！」母親は悲しい告知以来、初めて泣いたという。そしてそれは待合室で途方に暮れている父親にも告げられた。あまりの逆転大ホームランに父親は「え？　それ、うちの子のことですか？」とトンチンカンなことを言ったらしい。

今なら医師のとんでもない誤診断がSNSでつぶやかれ〝炎上〟するところだが、当時はその流行が無かったので、診察室は歓喜と感謝の言葉で溢れた。

こうして、然るべき処方を行い、悲しみの告知から約一週間後の十月二日、母親は無事女の子を出産した。「標準より小さめです」そんなことはもう取るに足りないことだった。とにかく、生きて生まれてきてくれたのだから。「初めての〝二度目の命〟」が誕生した瞬間だった。

その子は、両親の願いが叶えられた恵みの子という意味を込めて「佳奈恵《かなえ》」と名付けられた。そして、彼女は、両親と二人の兄の愛情を一身に受けて育った。

高度経済成長期の中、少女は沢山の刺激を受けた。小学生の時は、ドリフターズを見るのが一週間の楽しみだったし、ピンクレディーは全部踊れた。中学生になると吹奏楽に熱中するのと同じくらい松山千春にも熱狂した。父親は夜勤明けにもかかわらず、娘をコンサート会場まで送り迎えした。ベルばらにもハマった。母親は娘を宝塚音楽学校に入れてもいいと思っていた。そして、読書が好きな娘にありとあらゆる本を買い与えた。少女は特に世界の童話全集が好きで何度も繰り返し読んだし、読むものが無くなると辞書や電話帳を見ていた。また、両親は娘に常に本物に触れさせようと音楽・美術・演劇鑑賞を定期的にしていた。

そんな子供時代を過ごした娘は、私立のミッション系の女子高に入学し、青春時代が花開く。これからは国際化社会だと両親は海外に短期留学もさせた。

そうやって何不自由なく育てられた娘であったが、ただひとつ彼女には足りないものがあった。

それは、〝自我の目覚め〟である。

高校三年生の卒業間際、周りが次々に進路を決めていく中、彼女は自分のなりたい将来に自分が見えていなかった。

結局、両親や兄達の勧めで実家を離れ、保育系の短大に進むことになった。今では生涯の仕事として働けることに感謝だが、当時はただ漠然とした、むしろ、不純な動機だった。

両親や兄に勧められたから……。

こうして始まった一人暮らしとキャンパスライフ。

一番初めに驚いたのは、食料品や日用品は消耗するもので、自分で補充しなければいけないということ。一体何を言っているんだ、と思われるが、本当に世間知らずも甚だしい娘はいきなり世間の荒波に揉まれ始めたのである。制約のない生活の中で毎日長電話をして電話代が払えないこともあった。外食ばかりで食費がオーバーして日用品が買えないこともあった。その度にいつも助けてくれたのは両親だった。

それでも何とか短大を卒業したのだが、卒業後は実家に戻り地元で仕事をしながら花嫁修業を、と思っていた両親の期待を娘は呆気なく裏切り、そのまま今までの生活圏で就職を決めて勝手に社会人生活をスタートさせてしまったのだ。

三年後、仕事に慣れ始めた頃一人の男性と出会い、結婚。一年後に長男を出産、五年後に長女を出産した。

しかし、結婚生活は十五年でピリオド。

しばらくは、親子三人で暮らしていたが、父が癌になり、母から帰って来てほしいと連絡があって子ども達を連れて実家に戻った。

それから十五年、決して〝親孝行〟とはいえないが、親子三世代、皆で泣いたり、笑ったりしながら過ごしていた。

七年前に父が他界し、子ども達がそれぞれ良縁に恵まれ実家を離れ、家庭を持ち、親になった。

年老いた母は、昨年の夏、自宅で倒れ現在介護型の病院で療養中である。コロナ禍で面会に制限がある為なかなか会いに行けない代わりに毎日母から電話がかかってくる。

その度に母が言う。「何か変わったことは無いかい？　ちゃんと食べてる？」そして必ず最後に「いつも苦労かけてごめんね。お前がいてくれて本当に助かっているし、心強いよ」

生まれる前から死んだり生きたりハラハラさせる娘、何不自由なく愛情いっぱいの中で自由奔放すぎてハラハラさせる娘、自分が闘病生活をしていながらもなおちゃんと食べているかが気になる娘。

そんな娘の小さな命の灯を守り、慈しみながら育ててくれた両親に今はただただ心から感謝しかない。

誕生日の一週間前、心音の聞こえない胎児をそのまま堕胎していたら、母が少しでも長く体内に居させたいと思わなかったら、両親が必死で小さな命の灯を祈らなければ、私の人生は始まらなかった。

今度は私が神様に祈りたいと思う。

「神様、どうぞ、父と母に親孝行できる知恵と機会を私に沢山与えてください。そして、それらを全て生かせますように」

最愛の父と母に感謝をこめて。

教師がユーチューバーになったら地獄だった件について。

地獄十一郎

学生の時「自分が生きる上で最も必要なものは何か?」と聞かれたことがある。その時、私は「人に必要とされることです」と答えた。間違いではない。私は自分でいうのもなんだが、人になにか必要とされるという瞬間が好きだ。だから人に物事を教える教師になったし「割に合わない仕事だなぁ」と思っても生徒の成長を見るたびにそんな不満は吹っ飛んだものだった。そう、ユーチューブと出会うまでは……。

きっかけは一つの動画だった。私が昔に投稿したなんのこともない動画（特定されるのが嫌なので詳細は伏せるが）。私はそれをずっと放置していた。しかし、ある日その動画がとんでもなく再生されていることを知ってしまったのだ。ユーチューバーといえば今や職業として認められるほど市民権を得たものとなっている。私は「普通に正社員になって働けよ……」なんて思っていたけど、まさか自分があげた動画がここまで伸びるとは思ってもみなかったのだ。その動画についたコメントには続きを熱望する者も多く「これ続きないのかな?」との声が相次いでいた。

モノは試しにというような感じだった。あれから時間が経ってはいるが、一応最低限動画の作成ができるスキルはあった。別に伸びなくてもショックは受けない。ただ、本当に好奇心のようなものであの動画の続きを作ってみようと思い実際に続きの動画をアップしたのだ。すると、その動画もすぐに数万再生を達成した。じゃあ、次。また次……。気を良くした私は次々とユーチューブに動画をアップした。再生数はとどまることを知らず、常に数十万再生を稼ぐ動画が量産された。

気が付くと、ユーチューブの収益は教師の年収と同じくらいになっていた。私がいた学校は結構いいところの私立学校で同年代の教員としての給料は破格といってもいいところだった。私自身、その学校の教員になりたくてかなり努力したものだった。そんな理想の職場ではあったのでずっとここで働くと思っていた。ただ、ユーチューブは稼げてしまうのだ。このまま行けば二倍? 三倍? いや、もっとかもしれない……。生涯年収だってあるいは……。

私は教師を辞めた。それからは、動画制作に専念した。仕事をやめたことで動画を作れる余裕ができ、その分動画の更新頻度も高くなり収益も上がっていった。動画のいいところは一度作って置いておいたらそれが勝手に人に見られて再生数が稼げるということだ。つまり、究極な話、なにもしなくとも金が入ってくるという夢のような仕組みなのだ。気を良くした私は動画を作り続け、その分、金を得ていった。

私は元来倹約家である。外食はめったにせず、自炊をして買ってきた豆苗も窓際で育てる。しかし、金を得てからはいくら使ってもなくならないという幻影でもみていたのか……。ハマってしまったのだ。そう、ギャンブルに。競馬競輪競艇オートレース……ありとあらゆるギャンブルに手を出した。その中で私が最も熱中したのはネットカジノだった。カジノがまだ合法化されていない日本においてネットカジノは日本にいながら楽しめるギャンブルでなおかつ還元率も高く比較的効率的に資金を増やすことができ……。ここまで書いて改めて思ったが、やはり、今思えば、以前の私では考えられない行動だ。私は豆苗を育てていたのだ。日のよく当たる窓際で、水をこまめに交換して。それでにょきにょきと元気に伸びてくる様子を我が子の成長のように喜んでいた……。ただ、教師をやめて仕事がユーチューバーになってからは豆苗を育てるということは全くしなくなっていた。

そんなギャンブル漬けの生活をしていたものだからたいそうな所得と比べて貯金は全くできなかった。「まぁ、税金支払うくらいの金を残しとけばいいか。ギャンブルさえやめれば一年で同年代のやつらと同じくらいの貯金額は稼げるだろうし……」なんて思っていた。本当に哀れだと思う。……なんで私がここまで自分を卑下するのか、もう察している者も多いかと思うが今現在、私はもうユーチューバーではない。そう、悠々自適のこの生活が終わりを告げたのは突然のことだった。所謂「ＢＡＮ」である。これはなにかというと動画がユーチューブ側からふさわしくないとされると規約違反で動画が全削除、それまで運営していたチャンネルもはく奪され二度と動画投稿ができなくなってしまうのだ。私はある日突然、それを受けたのだった。

目の前が真っ暗になるとはこういうことだったのか、と思った。とりあえずユーチューブ側に抗議のメールを送ったが、当たり前のようにどうにもならず。全く意味はなかった。結局、私がユーチューブで活動した期間は約五年間だった。ただ、前述の通りの生活をしていたので、貯金はほぼなくむしろその年の税金の支払いでマイナスとなっていた。色々と意見はあると思うが、私は普通に働くよりユーチューバーの方が数倍楽だと思う。利益をサラリーマンの平均月収よりあげているのであれば、なおさら。

ユーチューバーとしての生き方を閉ざされた私は、もう一度社会に復帰しようと思った。転職サイトにアクセスし、学校の求人も見漁った。ただ、そこで改めて気が付いたのだが「働けない」のだ。なぜ？

「給料が、安すぎる……」

それを見たのは、本当に偶然だった。実家へと引き下がり自分が使っていたノートのルーズリーフを何気なく見たのがきっかけだった。「自分が生きる上で最も必要なものは何か？」という一文。これは、大学の授業でやった内容だった。当時、教員免許を取得しようとがむしゃらに机に向かっていた私はこう書いていた。「人に必要とされることです」……。もう一度言うがこれは間違ってはいない。当時は間違いなくそう思っていた。理想を語ったものでも恰好をつけるものでもなく等身大の昔の私が書いたありのままの気持ちだ。でも、今は違う。今なら俺はこう答えるだろう。

「なにより金。金が大切。金がなければ人は幸せになれない」

母の言葉

松原　心

自身が発達障害であることを知ったのは小学校三年生の春だった。

始業式が終わり、新しい教室に戻ったとき、事前に保護者から先生に提出された重要書類を返却され、そこに書かれていたのだ。

「お子様に関してのご連絡など」という欄にみっちりと書かれた文字。その中で一際異彩を放つ「アスペルガー症候群」という未知の単語に私はもしや自分は大病に侵されているのではないかと恐れおののいた。

隣を盗み見てみるとクラスメイトが手に持っている同じ書類には何も書かれていなかったので私はますますこの事態を深刻に思った。

重い胸を抱え、帰路に就いた私は服を畳んでいた母親に恐る恐るアスペルガー症候群について聞いてみた。頭の中ではテレビで見た余命宣告のシーンが過《よぎ》っていた。

しかし母は驚いた顔をしたあと、「それどこで聞いたの？」と尋ねた。そして素直に答えた私に「思ったより早くバレちゃったねー。本当はもう少し大きくなったら話そうと思ってたんだけど」と笑いかけた。

そんないつも通りの母を見て、とてもほっとしたのを覚えている。

そして母は私に向かい合ってアスペルガー症候群についての話をし始めた。私の考え方はほかの人より少し個性的だということ、今まで友達とトラブルを起こしたり、いじめにあったのはそれが関係しているかもしれないということ、しかしそれは悪いことでも不幸なことでもないことをここで知った。

全ての説明が終わった後、私の重い胸はすっかり元通りになり、寧ろいつもよりふわふわと軽くなっていた。

当時から漫画やアニメが好きだった私はこの母からの説明に対し、主人公が誕生の秘密を両親や師匠から明かされるあのお決まりの展開との既視感を感じていたのだ。

あまりにも呑気だが、実際そう感じたのでしょうがない。

とにかく私は自身が発達障害であることを知った時、本当に一切のショックや悲しみなどはなく、何なら自分に一つのアイデンティティが出来たことを胸の中で誇りながら中学一年生まで生きてきた。

そして十四歳の夏、毎月のカウンセリングを担当していただいている精神科で「年齢を重ねたことで診断が変わるかもしれない」という連絡を受け再検査を受けたところアスペルガー症候群からＡＤＨＤに診断が覆った。

突然アスペルガー症候群から聞きなれないＡＤＨＤに自身のアイデンティティが変わったことに私はショックを受けたが、そのＡＤＨＤもアスペルガー症候群と同じ発達障害であることを知って少しほっとした。変わらず障がい者だったことにほっとしたのではなく、自分の特性の一つが変わらずにそこにあったことにほっとしたのだ。

自宅に帰ってから、私はＡＤＨＤについて調べ始めた。自分に新たに付属された特性をちゃんと知っておきたかった。

『ＡＤＨＤ、別名注意欠陥多動性障害。男性の方が女性より三倍から五倍多く、仕事や学習に悪影響が及ぶほど実年齢より多動性や衝動性が強い。症状としては不注意や多動、衝動性などがある。』

二時間のネットサーフィンで得た情報は大体そんなもので、検索結果の上位に出てきたオフィシャルなページはあらかた読み終え、私はブログのような個人が記事を書いているサイトに行きついた。

それでも書いてあることは他のものとほとんど変わらず、とりあえずＡＤＨＤの基本的な情報は得られたな、と検索をやめかけた時だった。何気なくページをスクロールしていくと、その記事に対するコメントが一件寄せられていた。

『発達障害の子供を持つ親は苦労してて可哀想』

とても短い一文だった。だが、それ故にその文字列は私の胸に深く突き刺さった。

その時私は初めて母は発達障害の娘を持った母親だという当たり前のことに気づいた。

同時に、母親は私を産み育てたことで、苦労をしたのだろうか。そんな不安も初めて私の胸の内に生まれた。

私はそのことで数日悩み、直接母親に聞いてみることにした。

二人だけで買い出しに行った帰りの車内だった。赤信号を見つめている母親を見ないように俯き、私は吐きだすように問いかけた。

「ねえ、お母さんは私が発達障害だって診断されたときショックだった？」

滅多に緊張しないのに、心臓がバクバクしていた。これでもしショックだったと言われたら私の中の色んなものが変わって、そしてそれは一生戻ることはないという確信が私の鼓動をさらに加速させた。

しかし、これから来る答えを受け止める覚悟を決めるより先に、母親の声が隣から聞こえた。

「ううん、全然？　天才が生まれたと思った」

あまりにも自然な声色で予想外の返答をされ、咄嗟に顔を上げると、母親はナビをいじりながら車のエンジンをかけていた。

思い返せばあれは私を安心させるために母親があらかじめ用意していた回答だったのかもしれない。それに二十一歳で子供を産み育てるだけでも大変なのに、その子供が発達障害だなんて苦労をしてないわけがない。

でもそんないつも通りの母を見て、私はまたとてもほっとした。それだけは確かだった。その後成長していくにつれて、私は特別でも天才でもないことを知った。寧ろ自分が周りの人より劣っていると感じることが増え、高校生にしてうつ病になった。

一時は自殺も考えたが、結局しなかった。それはあの日の母の言葉が心の支柱となり、私を支えてくれていたからだ。きっと母はあの車中での会話を覚えてすらいないだろう。でも、私にとっては今後の人生で一番大切な思い出の一つだった。母親に天才と評されたことではなく、母親が私のことを迷惑だと思っていなかったことが、私の存在を前向きに捉えてくれていたことが何よりうれしかった。

昨日、母の好きなカマンベールチーズを買った。来週持っていくのが楽しみだ。

トレーニングマシンにプロテイン塗っとけば、翌朝にはマッチョが群がっている

逢崎　遊

この世には「マッチョ」というモンスターが存在する。

彼らは文字通りの怪物で、マシンジムという名の楽園に魅了されてしまった悲しき元人間である。白い砂糖を頑なに嫌い、鶏胸肉とブロッコリーをこよなく愛し、時としてハチミツを飲み物だと言い出す。主な生息地はトレーニング器具の周辺なので、もしかすると一般の方々も遠巻きに遭遇した経験があるかも知れない。

かく言う私は何の間違いか、そのマッチョが生息する森……つまりはマシンジムで数年働いていた経験がある。もちろん最初に皆さんに注意喚起した通り、マッチョはとても危ない存在だ。けれども小説が好きな文学青年の私は興味本位でその野獣の生息地に足を踏み入れ、マッチョの部屋を清掃管理する飼育員だったはずが……気付けば己もマッチョに

なっていたのだから恐ろしい。

まず大前提としてお話ししておきたいのが、私はそこまで運動が好きじゃない。出来ればずっと趣味の読書をしていたいし、食事や睡眠すらも煩わしいと思う方なので、運動なんて以ての外だ。……しかし運動嫌いだから運動をしないというのは、如何なものか。もし自分が十数年後、不摂生が祟って肥満になった際に、マッチョな男女を「あれはむしろ不健康だ」と肥えた指でさすのもカッコ悪い。当時の自分はマッチョを批判するのであれば同じマッチョになるべきだという、謎の使命感を持っていた。

彼らを理解したかった。しかし、鏡の前で求愛行動なのか威嚇なのか分からないポーズを取る彼らを間近で見て、私はますます困惑した。彼らと同じように運動をしてみても到底理解が及ばない。なぜタンクトップが正義なのか……。同じ物を食べて身体を根本的に変えてみるも、それでも理解出来ない。なぜプロテインが神の飲み物なのか……。だから彼ら以上に肉体についての知識を増やす。

そして気付けば、バキバキの半裸で大会に出場して、舞台の上でスポットライトを浴びながら観客席に自慢の腹筋を披露していた。

我に返った時には、もう既にトレーナーの資格まで取得していた次第である。

小学生の頃将来の夢に「むきむきになりたいです」と書いた覚えはないし、高校生の進路希望を書く欄に「マシンジムの経営」と書いた記憶もない。家に帰って文庫本を開けば、ページを捲るのに圧倒的不要な筋肉に「俺は、俺はこんな力が欲しかったわけじゃない……っ」と夜な夜な枕を濡らす始末。問題だったのが、時間とお金を掛けて、特にコンプレックスでもなかった身体がバキバキに改造されている点である。個人的には日焼けマシンを開発した奴が一番狂気じみてると思った。

しかしせっかくトレーナーになったわけだし、報酬は稼げるだけ稼ごうと決意した。ここまで来たら、得る物を得て程よい頃合いで去るのが得策である……が、トレーナーとしてお客さんを壁一面の鏡の前でトレーニングさせている時に、やっぱりというか、改めて強い疑問を抱いた。

あれ俺、マジで何してるん?

週五でトレーニングをして、パサパサで味のない鶏肉とブロッコリーをモチャモチャ食べる。女の子にはモテてるようで、筋肉質な物珍しい生命体として見られて終わり。息子の変わり果てた姿に両親は本人を前にオレオレ詐欺を疑う始末。この過酷な生活と無駄な筋肉は、一体何に備えてのものなのか。

筋肉の魅力に取り憑かれたマッチョという、生活に必要な力以上の筋肉を求める種族。彼ら（彼女ら）は健康を維持するならまだしも、肉体美を求めるがあまり筋肉痛が激しければ激しいほど喜びを覚えるようになっている。競うのであれば、他者に勝る筋肉でなければダメなのだ。それは一般市民から見て常軌を逸していて、特に大会経験者ともなれば、食事、睡眠、仕事、全てに露骨な影響が出るレベルの愛を肉体に捧げている。

正直に言って、自分がマッチョになっても意味不明だ。なぜ世のマッチョは過酷な道を経て、プロテインとトレーニングマシンに群がり、鏡の前で「へへぇ、仕上がってるゼェ」と乳酸で膨れ上がった筋肉に興奮し、互いの肉体をベタベタに褒め合うのか。

その光景は一種のエデン、または美を詰め込んだ至上の花園のようにも見えるが、であればなぜ、その楽園でスキップする彼らの身体には一切の無駄が無いのか。もっと幸せそうに太っていてもバチは当たるまい。なぜ完璧な空間で踊る彼らの背部は、地獄の鬼の形相なのか。太っていても地獄以上の厳しい試練を耐えてきたに違いない。それなのに、彼らの顔はこの世の誰よりも自信に満ち溢れた強烈な笑顔。なんだ、楽園とは究極なのか？　理想郷とは、土地のことではなく、筋肉が造りあげるものなのか？

……やはり文学部産のマッチョでは、到底、運動部産のマッチョの興奮は理解出来ない。

と言うわけで、もう直接「なんでトレーニングってするんですか」と楽園に足を踏み入れた私が周りに問いかけると、ここまで手を引いてくれていたマッチョ達は優しい笑みから一転、険しい表情になり、

「……それが理解出来ないのであれば、お前の筋肉はニセモノだ……」

と、私は偽マッチョ認定されてマッチョ達の花園を追い出された。せっかく頑張って一緒にスキップしていたのに。……どうやら私はこの業界の人間ではなかったらしい。それ

であれば、トレーニングの時間を苦痛に感じ続けていたことも、プロテインをよくこぼしてカバンの中や床にぶちまけていた自分の行動にも納得がいく。あ、違うんですお巡りさん、これヤバイ粉じゃなくて、まあ、一種の身体を覚醒するための栄養素とでもいいましょうか。クレアチンっていうんですけど、えっ、いや、合法なんですけど、あっ。

そもそも自分が理解出来ない魅力を顧客に伝えられるわけもなく。結局、マッチョ達の花園を追い出された私は「まあ別の仕事を探すか」と、潔くその業界での才能開花を諦めて、一年もしないうちに取得した資格を返上した次第である。やはり最後までマッチョと分かり合うことは出来なかった。

なぜ彼らは普通の健康から逸脱するような、究極の道に足を踏み入れたトレーニングや食生活をするのか。今更だがそこに「健康」という二文字はないだろう。一般の人は時間とお金と労力のバランスが取れず、それすらも手に入れることが難しいのに、だ。

しかし彫刻のような肉体美でポーズを決める楽園を離れた今なら思う。

マッチョとは、鉄の重量を味方に付けて自分を愛でることが出来る、そんな才能の持ち主に違いない。そこにあるのは自己愛で、目に見えて分かりやすい「力」や「美」という名の筋肉を保有し続けることで、彼らは安心と活力を得られるのではないか。それは、財産を保有して将来に備えたいという欲望に似ている。

……だなんて言われてみれば当たり前のことを、一度マッチョになって今はもう普通の身体に戻った自分がペンを握って正座しながら力説しているのに気付き、ため息を吐く。

時間とお金を掛けた末に残ったのは、一円にも満たない安いコピー用紙にこんな当たり前の考えを綴るという、タンパク質にもならない経験だけであった。

マームと私

内野　紅

「ねぇマーム、大好きだよ」
なぜか今日、言わなければいけないと思った。ベッドライトだけが照らす薄暗い病室で、私は祖母の手を握りながらそっと呟いた。眠っている祖母の手は、氷のようにきゅっと冷たい。別れが近いことは、心のどこかで気づいていた。それでも一日でも永く生きていてほしいと願うのは、おかしいことではない。私は祖母の寝顔を見ながら、これまでの日々をそっと思い出す。〝おばあちゃん〟と呼ばれることを嫌がった祖母との最愛の日々を。

世間でいうところのおばあちゃんのイメージとは、真逆の女性だった。幼い頃はアニメに出てくるおばあちゃん像が、「曲がった腰に白髪まみれの髪、化粧っ気のない姿」であることに違和感を覚えたほどだ。祖母は八十歳を迎えるその時まで八センチのヒールを履きこなし、ダイヤモンドが光る手からは、いつもクロコダイルのバッグをぶらさげていた。三週間に一度は美容院でカラーをし、綺麗な黒髪のおかっぱヘアがよく似合っていた。綺麗でいることにこだわりがあるからこそ、おばあちゃんと呼ばれるのが嫌だったのかもしれない。私は幼少期から祖母のことを「マーム」と呼び、おばあちゃんとは一度も呼んだことはなかった。

「ねえ紅ちゃん、あそこの甘味処でところてんが食べたいわ」

マームとはよく、甘味処でおしゃべりデートをした。時には三軒もはしごをすることもあり、おかげで夕飯が入らないというのもザラだった。そしてどのお店に行こうと、マームの話題はほぼ同じ。戦争の話をしてから、祖父の話をするのであった。

東京大空襲を経験しているマームは、燃え盛る炎のなか幼い妹の手を引いて防空壕へ逃げたことをいつも話してくれた。今では優雅な風貌のマームも、当時は食べるものにも困るほど貧しい生活をしていたらしい。普段は笑顔いっぱいのマームも、その話をするときは涙を流すこともあった。もしも空襲でマームがいなくなっていたら。マームはもちろん、私のママも、私もいない。戦争は教科書の中の出来事のようで、実はずっと近い存在であることを改めて感じさせられる。マームの話を聞くたびに心がずしんと重くなり、私はついつい貰い泣きをしてしまうのであった。

マームはきっと、私のことが大好きだったのだと思う。自分が泣くのはいいくせに、私が泣き始めるといつも慌てふためいてティッシュを取り出し私の頬に当てた。「泣き止むような、なにか面白い話を」と考えるマームが行き着くのは、いつも必ず祖父の話なのだ。面白い話など他にいくらでもあるはずなのに、決まって祖父の話をするマームが、たまらなく可愛かった。

「あの人はマームに、一目惚れだったのよ。毎日しつこく家に来るもんだから、仕方なくデートに行ってやったの」

当然のことながら若い頃の二人を知らない私に、微笑ましい馴れ初めを毎回聞かせてくれた。たしかに、喧嘩はしつつも祖父はマームのことが大好きだった。六十年以上も同じ人を愛せるなんて、全く想像もつかない。戦争も乗り越えて、愛の試練もクリアした結果生まれてきたママ。そして再び、ママが色んな困難を乗り越えて生まれてきた私。そんなことが日々この地球では繰り返されている。そう考えると、今の私はマームの一部で、マームは私の一部であるとすら感じられる。マームの孫になれて、本当に幸せだ。

「そろそろ行きましょうか」

夕食の時間が近づくと、いつもマームはそう言って解散の合図をする。ヒールを履けど小柄なマームの背中を支えながら、並んで歩く時間が、永遠に続けばいいと思っていた。

マームは少しずつ体調が悪くなり、検査の結果、膵臓癌ということだった。ママが言うには、身体のあちこちに転移してしまっているらしい。私は出来るだけマームの病室に顔を出した。マームはヒールの履けない病室でも、常にシルクのパジャマを着て、ダイヤの指輪をきらきらさせていた。日に日に痩せていき指輪が抜けてしまうようになると、絆創膏を指に巻いてその上から指輪をつけるようになった。私はその手を握りながら、いつも心の中で呪文を唱えていた。

「私のこの元気を、マームにわけてください。私なら、どうなってもいいです」

まるで超能力者にでもなった気持ちで、私の生きる力が、握った手を経由してマームに流れていくことを祈った。

しかしマームは日に日に弱り、ついに癌患者特有の〝せん妄〟が始まった。痛みは感じていないようだが、孫の私はおろか、娘である私のママのことも忘れてしまった。まるで幼い子供のような仕草で、よくわからない話をするマームを見るのはなによりも辛いことだった。早く戻ってきてくれと願いながら相槌を打つも、少しずつマームは死に向かって行っているようで、本当に怖かった。

せん妄が終わると、マームは一日のほとんどを眠って過ごし、あまり起き上がれなくなってしまった。ピンクがかった白い綺麗な肌は絵の具を塗りたくったように黄色くなり、今度は指輪が入らなくなるほどに手足がむくんでいた。お見舞いに行くたび手を握って声をかける。ようやく私のことを認識できるようになったのか、わずかに微笑んでくれた。私は出来る限り長い時間、心で〝呪文〟を繰り返したが、ついにその魔力は消えてしまった。

享年八十二。それは世間的に見れば、若すぎる死でも老いすぎた死でもないのだろう。亡くなったマームのまわりをたくさんの人が涙ながらに囲んでいるのを見て、そんなことをぼんやりと考えていた。喪主は叔父がつとめたので、私に出来ることはマームの冷たい爪にマニキュアを塗ることくらいだった。最期にきちんとメイクをしたマームの姿は、本当に綺麗だった。

マームを見送ってからしばらくすると、いつもの日常がやってきた。ご飯を食べ、お風呂に入り、夜はたまにマームが夢に出てきた。夢の中の私はいつも、現実世界ではマームが死んだことをしっかりと認識しており、会うたび泣きながら抱きついている。明晰夢を見ることなど今までなかったのだから、不思議なものだ。

そして最近は、マームと同じ血が私にも通っていることをひしひしと感じてしまう。好みや性格、口紅の塗り方に至るまで。時たまママがハッとするほど似ているらしい。隔世遺伝ということももちろんあるだろうが、それは二人で過ごしたあの時間、甘味処で、病室で、作り上げた私の一部なのだろう。私のなかに、すでにマームがいる。そう思うだけで、なんだか少し逞しくなったような気分だ。

ねぇマーム、私もいつかそんな風に、かっこよくて可愛い女性になれるかな。きっとこれから苦しいこともあるだろうけど、そんなときは「マームの孫だから！」って思って元気出すね。たくさんの愛を、ありがとう。
それとね、ずっとずっと大好きだよ。

「よした　よした」もう一度聞きたい言葉

池田　浩

時間の進み方が遅いと感じることもあったにもかかわらず、振り返ってみれば、自分が生まれて既に六十数年が経ったという実感はあまりない。ただ、つきあいのあった人が亡くなったという知らせを受ける度、歯噛みしたいような気持が募る。後戻りして人生そのものをやり直すことはできないという事実を突きつけられる。それでも、過去をばかり振り返ってしまう。

物やお金に関して貧しい少年時代だった。

中学生の時、弁当を食べるのに、その中身を人に見られるのを恐れた。輪の中に入らずに、一人黙々と、あっという間に食べきった。ちらと見えるほかの生徒の弁当は、黄色や赤、緑と彩り豊かだった。食材が多くて、きっとおいしかろうと瞬時に思われた。当方は、唯一のおかずである前夜の残り物の鱈の煮つけが汁気を放出して飯まで醤油色に染めていた。だれにも見られたくなかった。

着る物は兄のお下がりが多く、それを脱するために体格をよくすることばかり考えた。部活に励み、加えて、やみくもに筋トレをし、暇ができれば、グラウンドを走っていた。祖父母がいて、父母がいて、みな身を粉にして働いていた。垣間見るよその大人たちよりこまめに畑に向かい、田んぼに臨み、勤めに出ていた。だからこそ、貧しさが身に沁み、そして嫌悪した。遊んでいて貧しいならまだ分かる。全力を挙げて働きながら、貧しいということに心は傷み、時に折れた。家鳴りのする古い家を消してしまいたかった。豚や鶏の小屋が大雪でつぶれることを祈ったこともあった。不満を表に出せない分、心中で天を恨み、人や社会を呪いさえした。

世を捨てたり犯罪者になったりする危ない際《きわ》にあったことを、冷や汗とともに思うことがあった。そうはならずに生きてこられたのはどうしてなのか。聖職ともブラックともいわれて、厳しい目が注がれる教育の世界で仕事を続けられたのはなぜなのか。そして、貧しさの中にあっても時に幸福感を抱けたのはなぜなのか。

定年を迎え、その前後に二人の娘が嫁いで、ゆったりとした時間を得て考えられるようになった。

答えはすぐに出た。何度考えてもいつも同じ答えになった。

それは、己の存在を確かに感じることができたからである。そして、それは、一つの言葉によってもたらされたのだった。

その言葉は、「よした　よした」である。

もう何年も聞いていない言葉、もう一度聞きたい言葉だ。全国共通語でいえば、「よくやった」とか、「よくぞしてくれた」というのに近い。ただ、単に謝意や褒めのほかに慈しみの情が奥に含まれていたように思う。

幼いときは、この言葉をかけられると、単純に喜んだ。やることをやって褒められたと鼻を高くした。やや長じてからは、時に、おだてが隠れているのではないかと疑念をもったこともあった。うまいこと人をのせてより面倒な作業にも臨ませようという魂胆があるように思えたのだ。それを承知でのっていたような気がする。かといって、腹を探り合うようなうそ寒い雰囲気は生じなかった。「よした　よした」のもつ慈愛の意味合いが雑多な情念を凌駕していたということだ。

農作業の手伝いを愚痴らずこぼさずやり遂げた時、頼まれた使いを正確に行った時、学校の成績が上がった時、「よした　よした」と労い、褒められる。同様のことを何度繰り返しても、その言葉を受けた時の高揚や誇らしさは褪せない。人に認められたことが分かると、自分で自分を認めることができる。自分の存在を確かにすることができる。忌まわしい貧しい生活にあっても、いずれは、とか、今に見ていろ、というような思いや向上心を持てるようになっていった。

幾つかの場面がとりわけ鮮明に胸の内をよぎる。

会社勤めをしていた祖父は退職後もその会社の守衛として勤めた。土日は、夕食を届けなければならなかった。農繁期、それは、私の仕事とされた。弁当を詰め、自転車で届けに行く。届ける度、家では見たことのないにこやかな表情を見せ、「よした　よした」と言ってくれた。そして、おもむろに奥に入って出てくると、紙に包んだ駄菓子をくれた。中学生が喜ぶような代物ではなかったが、格別尊いものを得たように思えた。

祖父は、守衛を数年続け、その最中に発病し、一命はとりとめたが、その後は入退院を繰り返し、枯れるように逝った。

学校に勤めて十九年目の終わりに、春から教頭になるということを父母に告げに行った。「よした　よした」と言われた。面食らった。いまだに子ども扱いかという思いがちらとしたからだ。だが、そうではなかった。やっぱり心から喜んでくれたのだと分かった。そういう表情をしていたからだ。父の「よした　よした」はそれが、最後になった。

それから五年。初めて校長選考検査に臨んだ。

その前日が不慮の事故で亡くなった父の葬儀の日だった。蜂に刺されるという思いもしない事故だった。

亡くなった日は一睡もできず、翌日の通夜ではホールに詰めていた。葬儀の日は気を張って過ごし、終えてから、夜十時過ぎまで親戚一同と飲みながら話し込んでいた。選考検査は、欠席こそ思いとどまったが、一次通過はあり得ないと端から捨ててかかった。全力で臨んだとはいえ、折からの暑さの中、集中力はどんどん逃げていった。

それが、一次通過となった。

その通知を受けた時に、「よした　よした」という父の声が胸の内に響いた。聞きたかった言葉が聞こえた。

実際に校長になったのはそれから七年の後だった。母に知らせに行った。

「父ちゃんがいたら、どんなに喜んだろうなあ。『よした　よした』と言ったろうなあ」と母はつぶやき、泣かんばかりだった。そして、父母の間では、いずれ教頭や校長になってくれるものと強く期待していたのだということを初めて聞いた。

それから十年経ち、老いた母は、もう「よした　よした」とは言わない。「ようしてくんなした」と丁重に言う。妙に他人行儀で、距離を感じてしまう。だが、別の見方をすれば、子どもに言う「よした　よした」が親や年長者の慈愛の籠もった言葉だとすれば、「ようしてくんなした」は、対等あるいは一人前の人間に対して用いる言葉だといえる。もう一度聞きたいあの言葉を聞かなくてもいいようになった、そこまで育ててもらった恩を噛みしめる。

だからこそ、折々の「よした　よした」を振り返り、幸いに包まれていたことを喜ぶだけではいけないと戒める。

一語に助けられたとの思いは確かにあるが、それだけではない。言葉の奥にあるものに思いを致すということが自身の成長にとっては不可欠だったことを、いつしかつかむことができていた。

人の話に耳を傾け、様々な文章を読み、辞書をこまめに引いていれば、語彙を増やすことはできる。しかし、それだけでは、言葉を深く確かに獲得したとは言えない。あの「よした　よした」はたった一つの言葉でしかないが、その深さはいのちに匹敵した。

言葉を獲得するという経験を、たくさんの子どもたちに得させたいと思った。

かつて教育現場にあっては、子どもたちや職員に語る際に、選んだ言葉にのせて思いを届けることに心を砕いた。今、その任からは解かれているが、言葉への姿勢、それはとりもなおさず人への姿勢であり、生きざまだが、さらに磨き、言葉を発していくよう自らに課している。

父の記憶

山田　幸夫

父の胃癌が再発して、医師から一両日が峠だと言われた一九八四（昭和五十九）年二月二十三日の朝。

病室の窓から見える中庭花壇には霜柱が輝いていた。病室では、父の微かな寝息だけが漂っている。静寂の空気に溶け込むような低く静かな父の声がした。

「ユキオ……」

私の名を呼び、後の言葉を聞き逃してはいけないような気がして、「えぇっ、何？」問い返したが、次の言葉はなかった。うわごと？　父は眠っていた。

その日の夜、医師は念を押すように言った。

「今夜から明日の朝が山です」

病室には私と母、そして、見舞いに来てくれていた父の戦友だった大山さんもいた。

大山さんは、その場の重苦しい空気を払うかのように父のことを話題にした。

……父は南方の地で戦った。多くの戦友たちは、戦闘で亡くなったのではなく、飢えや病死だった。その悔しさを抱いたまま、死の淵を彷徨い、戦友たちの屍を残し、自分は故郷の地に戻って来たという自責の念に駆られていた。そのことが、父をずっと苦しめていたのだ、と。

大山さんは、静かな声で私に問うた。

「ユキオくんは知っているかい。南方戦線を……。地獄の死の現場だった」と。

父が、一兵士として地獄の中にいたことを初めて知った。息子である私にも話せなかったおぞましい戦争体験を抱えて生きてきたのだ。

医師から山と言われた夜が、静かに明け始めた。病室のカーテン越しにそれを感じながら、私は簡易ベッドに横たわっていた。母はベッドの脇で父の手を握っている。

早朝。窓に貼り付いた水滴が、部屋の暖かさをより際立たせる。その暖かい空気を破るように突然、父は声を張り上げた。

「にほんこく　てんのうは　やまだまさおを　くんろくとうにじょし　ずいほうしょうをじゅよする」

どこにそんな力が残っていたのかと思わせる、小学生が国語の教科書を朗読するようなはっきりした口調だった。

父は、郵便業務に精励して郵便事業の発展に寄与した旨で、数年前に勲六等瑞宝章を授与されていた。その「勲記」に書かれた文言の一言一句違わない暗誦だったのだ。言い終えた途端、父は静かに人生の幕を下ろした。

六十九歳だった。

父を呼び戻すかのような母の泣き叫ぶ声が、病室の空気を震わせている。堪えられず私は頭から毛布を被ったものの、自分の嗚咽が籠もる。母のむせぶ声だけが病室に流れた。

「人生で一番、晴れやかな日のことを思い浮かべ最期を迎える人は幸せでしょうね」

母に言っているのだろう、看護師の声も聞こえた。

戦争を体験し、苦悩しつつも真面目に生きてきた証としての「叙勲」は、父にとって私が想像する以上の誉れであったことを理解した。同時に、私の脳裏を後悔が駆け抜けた。「あの日」のことが蘇る。我が家の応接室の壁に「勲記」が掲げられた「あの日」、昭和五十一年の十一月四日のことだ。

前日、叙勲という晴れの舞台を踏んで東京から帰ってきた父と母。その翌日、大きな額縁に収められていた勲記を見たとたん、私は口走ってしまった。

「こんなもん、この応接室に不釣り合いやんか！」

その口調には、棘があったことまで、はっきり憶えている。確かに、そう言ってしまった。「こんなもん」、「不釣り合い」と。加えて「自慢たらしく」と言ったかも知れない。

当時の私は、権力、権威といったものに対して反発する気持ちがあったのは確かだったが、父の叙勲に対して、さすがに酷い言い方だと、後悔したが素直に謝る言葉が出てこなかった。叱られると思ったが、父は怒らず黙ったまま、私を責める言葉はなかった。何も言われなかったのも辛かったが、それ以上に辛かったのは、その翌朝には、勲記が応接室の壁から取り外されていたことだ。

「あの日」の勲記の記憶を呼び起こしたことが合図となって、父の記憶が詰まった私の器の堰が切れた。生前の父のことがひと固まりとなって溢れ吹き出したのだ。

一つは、戦争にまつわる父のことだ。私が高校一年生の八月十五日に聞いた蟬の声。全国戦没者追悼式の日。高校野球の熱戦が展開されている甲子園球場では、正午になると、我が家の庭で鳴く蟬の声を掻き分けるようにサイレンが響き渡り、黙祷が始まる。父は座り直し、正座した。中継するテレビの映像を眺めながら父も黙祷し、誰に言うともなく呟いた。

「終戦じゃないんだよな、敗戦なのに……」

横にいる私に聞かせたかったのだろうか。私は、父の呟きの意味を深く捉えられず、庭で鳴く蟬の声とともに、聞き流してしまった。

今なら分かる。先の戦争のことを「終戦」というその表現には、誤魔化しがある。「敗戦」と認めてこそ、二度と戦争は起こさない、次世代への平和の誓いになるということを父は言いたかったのだ。

父は、必要最小限のことしか話さず、寡黙で気難しい雰囲気を漂わせていた。お酒の大好きな人だった。晩酌は常で、時に母が止めるほど呑むこともあったが、いつも静かで、饒舌になることもなかった。喜怒哀楽を知らないのかと思わせるような父しか見たことがない。そんな父が、思い出したくもない戦争体験を自ら私に話すわけはなかっただろうし、私から問うこともなく、時は過ぎた。


——父の葬儀の後、私は戸籍謄本を見る。

父と私の続柄欄には、養父とあったのだ。三十五歳にして初めて知った事実であるにもかかわらず、動揺はなかった。しかし、冷静を装っていただけだったのだろう、その夜、床に入ると、なかなか眠れずに悶々としつつ父とのことが想い出された。

私の五歳から三十年間、共に暮らした父との生活の中で、不可解と思われる出来事が幾つもある。それは、私に関わることで、母が父に遠慮をしていたような言動があったり、逆に、私に対して父が遠慮しているようなこともあった。勲記の事件の時もそうだった。父が私に遠慮して叱らなかったとしか思えない。そんな例は、枚挙にいとまがないが、すべて腑に落ちたのである。

大学へ進学しなかったのは、私の意志だったが、父の「進学させられず、すまんなあー」

と申し訳なさそうに言ったことも不思議に思っていた。

また、父の通院のため、私が車で送迎した時もそうだ。父は、他人に気遣うような口調で言う。「すまんなあー」と。度々なので、私から「他人行儀みたいに言わんといてや」そう言い返したこともあったほどだ。

後の祭りとはこのことだろう。私には、悔いても悔い切れない。父のことを何も知らず、知ろうともせず、生きてきた。私がまだ子どもだった、若かったというのは言い訳にならない。目を見開いていれば気付けたのだから……。臍《ほぞ》を噬《か》むしかなかった。

その後、三十九年を経た。私は、今年七十四歳を迎える。父の逝った歳を既に超えてしまったが、今なお、生前には言えなかったことをずっと後悔してきた。毎年、命日には仏壇の前で掌を合わせ、呟き唱える。

「ごめんな、何も知らずに……。お父ちゃん、育ててくれて、ありがとう」

父の願った平和への思いを次の世代にも伝える活動をしている。それが親不孝した私のせめてもの孝行だとも思うのである。

私の羅針盤

鍬内　亜紀

あれは、事務職として新卒入社して間もない頃だったと思う。どんな研修があろうとも、これだけは譲れないという覚悟で、上司に半日休暇を申請したのには訳があった。

須賀敦子。当時私が最も傾倒していた作家の、学生向けの講演会が母校で開催されるという。これは行かないわけにはいかない。

一般席が用意されているのかもわからないまま、私は午後半休をとって昼も食べずに地下鉄の駅に向かった。もうすぐ、須賀さんの声を聞けると思っただけで顔が火照り、階段を無心で駆け上った。改札口をもう入っていたと思う。ふと、胸騒ぎがした。著書を持ってきていない。このまま会場に行ってはいけないような気がした。私は回れ右をして、駅ビルにある書店に入り、一番の愛読書である『ヴェネツィアの宿』を買って、もういちど改札を入った。

講演会のタイトルは「なぜ私たちは本を読むのか」。学生たちがずらりと座る座席の最後列で、私はついにその人の声を聞いた。ハイトーンで、楽しい旋律のような話しぶりだった。私は、もう学生ではない自分を一年巻き戻して、何を読み、どう自分を鍛えていくべきか、一言も聞き洩らさないように無心でメモをとった。

講演後、本を抱えて廊下に立っていた人が、私以外にもう一人いた。学生だった。少し待ってみる？　私は彼女に話しかけ、冷たい石造りの薄暗い廊下で、須賀さんを待った。

「ぜひ、お伺いしたいことがあります」

控室に戻る須賀さんに私は声をかけた。それは、たんに愛読者としてではなく、人生の先輩から生き方を教わりたい、といった、切羽詰まった呼びかけだったのだと思う。のどがからからに乾いていたから、声はかすれていた。どうやらただサインが欲しいだけではなさそうだ、と思われたのか、須賀さんは、じゃあちょっとお部屋に入りましょうか、といって、応接室に私たちを通した。

質問を用意してきたわけではないことを、ソファに座ってはじめて気づいた。頭がひんやりと真っ白になった。そして、著書を何度も何度も読んでいること、その感想をご自宅にお手紙に書いて送ったことを、声が震えながらも、できるだけ背筋を伸ばして伝えたあと、この質問が口から出た。

「ものを書くことを仕事にするには、どうすればよいでしょうか」

須賀さんは苦笑することもなく、

「そうね、翻訳なんかどう？　仕事につながりやすいわよ」

確かそのように答えて下さった。左手の薬指には、細い銀色の結婚指輪があった。あれがエッセイにも出ていた、「一番お金がかからない結婚準備品」だ、と私は思った。

私が、須賀さんの回答にどう答えたのか、そして、もう一人の学生が何を質問していたのかは、覚えていない。私と学生は、最後にまるで打合せをしていたかのように、持っていた本の見開きを目の前にいるその人に差し出した。胸ポケットから万年筆を取り出し、あっさりと名前を書いて下さる文字を見つめた。銀色の髪と、赤い口紅が、ポートレートのように記憶に残った。


その後私は、「翻訳」というキーワードを頭の隅に置きつつも、自分が身を置くべきフィールドを探し当てられずにいた。けれど須賀さんと同じ年ごろに結婚してから、人生の舵が思いもよらない方向に切られていく。縁もゆかりもなかったタイやシンガポールでの駐在生活、五回の妊娠と三回の出産。須賀さんが三十代を過ごしたイタリアからは程遠い東南アジアで、子育てと格闘する毎日に飲み込まれていった。三人の子を大きくしていくという肉体労働の中では、文章と向き合う余裕は全くなくなってしまっていた。

ただ、どの引っ越しにも、須賀さんの本は手放さなかった。夜、ひとりになった時間に、時折彼女の年譜をたどった。今の自分の歳に、須賀さんはどう生きていたのか。それは、アジアでおしめを替えている自分とはかけ離れた世界だったが、せめて私は確かめていたかった。須賀さんが大切にしようとしていたものから、心が離れていないか。自分を諦めてしまっていないか。年譜は、私の生き方の羅針盤のようなものだった。


五人家族となった私が日本に帰国したのは、須賀さんが夫を亡くし、イタリアから帰国した年齢だった。そこから私は、子どもたちの学校生活中心の毎日になっていくが、同じ頃、須賀さんは大学で教鞭をとる一方で、ジーンズ姿でトラックを運転しながら廃品回収活動にも勢力を注ぎ、社会との接点を広げていく。

そして五十代になった今、須賀さんの年譜を開くと、彼女がいよいよ日本での活躍の地盤を築いていく片鱗が濃く漂う。一方の私は、人生後半のスタートに呆然と立ちすくむばかりで、何の功績も肩書きもない。ますます作家との距離は離れるばかりなのだが、なぜかこの羅針盤を放り出すことはできない。それは、須賀さんの人生が、何かの達成を目指したものではなく、積み上げていくことそのもの、に見えるからだ。少なくともそれは、社会的地位や名声を目指した生き方の対極にある。

お弁当作りに始まり、夕食の片付けに終わる。タスクをこなす生活の中で、自分を見失ってはいないか――不安がよぎるときには、あの『ヴェネツィアの宿』を手に取る。色褪せた「流水書房」のカバーを開くと、見返しに「須賀敦子」という柔らかな字。そこで、私は羅針盤のそのひとと繋がることができる。ものを書くということは、何を書くか、ではなく、どう生きるか、から始まるのだ。そう気付くまでに、三十年もかかってしまった。

須賀さんが初めての単行本『ミラノ霧の風景』を世に送り世間を驚かせたのは、六十歳のときだから、今の自分の歳から、まだ十年も先の仕事である。羅針盤を手放すことは、まだまだできない。

闇から出たカラス

盛真　レオ

1

あれから何年経ったのだろうか。

幼いころは幸せに形があればと、漠然と思い、人間は平等と教えられて、素直に受け止めるころもあったなと、つくづく思うのだ。

母は私が四才のころに男を作り、挙句の果ては借金までして貢いだ。父は子供を優先して一度は母を許したが、母は男とつながったまま、再び貢いだらしかった。

父もこのままでは生き地獄となるため、とうとう離婚に踏み切った。母は幼い私を引き連れて家を出たが、私自身、少し偏屈なところもあったのだと思う。母が追い出された理由は、幼心の私にもわかっていたつもりだった。だから、母を許すことができずに、毎日父の家へ帰ると泣き続けたのだ。もともと母は、私に興味がなかったのか、七日も過ぎずに父の元へ帰らせた。

私には五才上の兄がいた。父も母も兄を溺愛していたが、離婚になった時、兄は長男だから家に残すと父が譲らなかったらしい。母も兄が良かったはずだ。お菓子のオマケみたいな私の存在は、忘れても構わないし、きっと、可愛げがなかったのだ。

その時の場面は今でも夢に出てくる。母は冷たい手を私から離し、顎と目線で父の家へ帰れと命令した。家に入った光景はやけ酒で布団をかぶった父の姿と、奥の部屋から出てきた兄が、面倒そうな顔で私を見たことを、鮮明に覚えている。

最近ではありな話だが、私にはこの経験が偏った価値観になり、長年かけて修正しなければならなかった。平等と自由やジェンダーなどについて、黒い闇だったのだ。

2

私は小学生になった。女性担任は私を変わった性格と判断していた。当時は離婚家庭に対する偏見も大きく、私も担任からの風当たりを肌で感じていた。

私は先生を嫌ったが、逆らうほどの力はなく、ひたすら心の中で耐えるしかなかった。

唯一の反抗といえば、わざと宿題をせず、学校への提出物も毎回忘れた。担任を困らせることで、反応が見たかったのだ。

担任は私の期待に応えた。

通知表の評価は最悪だった。テストは各教科でほぼ満点だったのだが、5段階評価は3の評価（普通）だった。

図画コンテストでも金賞だったが3評価、歌の学年代表に選ばれながら3評価、見事に期待どおり？　いや、本当は自分を見てもらいたかったのだ。母の愛情を担任に求めていたのだ。だが、実力に対しての矛盾や贔屓の存在など、ぼんやりとした不平等感に私の心は闇の中へ深く沈んでいった。

年の瀬の学期末、鉛色の冬空が私を過激にさせた。外は寒くて風が強いため、室内で絵を描くことになり、題材は両親の顔だった。

私は担任に怒りを覚えた。きっと、僕に対しての嫌がらせなのだと。何故なら、私に母親の顔を描けるはずがないからだった。

担任は両親への感謝を伝えるためだと、妙に力説したが、離婚家庭をあざ笑うかのような言い方で、私の心に突き刺さった。

私はついに爆発した。

白い画用紙の全面を真っ黒に塗りつぶしたのだ。それは、カラスの色そのものであり、その色と共に私の心も真っ黒に染まった。

そのことがあった日から、私は人を信じられなくなった。小学卒業時あたりから、非行に走りだした。万引き、喫煙、喧嘩などは日常茶飯事だった。それも、警察には補導されずに、悪い意味で要領がよかった。

3

私は中二になっていた。父は離婚を機にどうにもならない人間となっていた。酒に溺れてろくに働きもせず、自分の体をいじめ続け、具合が悪い時は私に看病させた挙句、よく泣き崩れた。それは、妙に女々しくて違和感を覚えていた。料理や裁縫、編み物までも上手で、日本舞踊もできた。それも女形だった。私は反抗期も助長して、父への嫌悪感が更に増した。

中二病とは私そのもので、何事にも不満を持ち続け、心のやり場が無く、傷害沙汰になりかけたことも多くなっていた。

不貞腐れながら家に帰るしかない私に向かって、心が叫んだ。お前なんかいらないと。そして私は怒りに任せて力いっぱい部屋のドアを開けた。そこにはあまりに衝撃的な光景が私の目に飛び込んできた。

見知らぬ男と父が、裸で抱き合っていたのだ。私の全身に得体のしれない熱が走った。そして、一目散に外へ出ると、近くの河川敷まで無我夢中で走った。何故だかわからないが、私の頬は涙で一杯に濡れていた。

私はまだうぶな年頃だった。いったい何が起きたのか、判然としなかった。が、不自然な価値観に苛まれる日々は数年も続いた。

十代最後の年に、その不自然な価値観が何だったのか、否応なく知ることになった。

4

父が自殺した。前触れも無く、電車に投身自殺した。当然だが遺書や遺言も無かった。しかし、私は心の中では、触れてはいけない何かが形になりつつあった。

父の通夜が執り行われた。親戚一同が集まる中、一人の婦人が弔問に訪れた。それは私が幼い時に大きく見えたが、今はか細くて、弱々しい母の姿にちがいなかった。

母はずっと泣いていた。焼香をする間も、涙を隠そうとはしなかった。私は沈黙する以外にできることも無く、茫然としていた。

私は通夜の中で考えた。父は死ぬことによって自分の価値を解放したのだと。生きてきた価値、それは苦しくて掻《か》き毟《むし》るほど、悩みに悩んだものだったに違いないと思った。

母が私に話しかけてきた。随分と大きくなって、何もしてあげられなくてごめんと、何度も何度も謝った。私はそんな母が哀れに思えた。そう、母は好きで離婚したわけではなかった。借金も作り話で、男もいなかったと言った。いつも子供達を見守っていたようで、私が幼い時から反抗期、そして、通夜にいる私に至るまで、よく知っていた。母は私をずっと見守り続けていたのだ。

そして、母は私に打ち明けた。あの人には彼氏がいたのだと。私が思っていたとおりだった。父には愛する男がいたのだ。

母は続けて言った。結婚した時は男女だったが、夫婦生活を続けるうちに気がついた。料理、裁縫、掃除、どれをとっても、自分より器用だった。そして気がついた時は、母親が二人になっていたのだと……。

そして、女同士？の争いが始まった。私たち兄弟の親権争いだった。お互い譲らないまま、家裁での協議離婚は進んだが、経済力に勝る父が親権を取った。そう、母が私を嫌ったのではなく、もう一人の母が私を手放さなかったのだ。

母は父が死ぬ前に会ったそうだ。そして、父が自分自身に違和感を覚えていたと母へ告白し、それまでにあった軋轢から、やっと解放される。ごめんなさい、そしてありがとうと涙を流した。それが最後だったそうだ。

私は母から聞いて、私の価値観が崩れ落ちた気がした。反抗や軽蔑、人種差別や思想の違いなど、矛盾が渦巻いている人間社会の中で、自らの命を絶ってまでも永遠の価値観を求めた父、いや、そこに見た固定観念だけで色付けをする社会に対して、見事に存在を示した。少なくとも私の心へは、それらが永遠に刻み込まれるものだった。

今時期ならXジェンダーなんて、やさしい響きで済むかもしれない。しかしそれは、もっと深く、黒い闇の中で悶え苦しみながら生きてきた父やその周りの人々にとって、ようやく闇から出たカラスだと私は思うのだ。

父の言葉

金原　明善

その日、父の夢を見た。亡くなって十年で初めてのことだった。羽田啓介は久しぶりに父を思い出した。大学一年の秋、突然心筋梗塞で亡くなった。七十歳だった。刑事をしていた父、家ではあまりしゃべらず無口であった父、そんなことを思い出し、その日会った彼女の下村彩花に父の夢を見たことを話した。

「啓君のお父さんて、亡くなってたんだ。初めて聞いた。刑事さんだったんだ。どんな人だったの?」

そんな問いかけに、なんとなく父について話をしたくなった。

刑事だった父は、家に帰ってくるのも遅く、土日に仕事に出かけることも多かった。それでも、刑事である父を格好いいと思っていたし、少し誇らしかった。あまり、悩み事を相談したり、しっかりと話をするといったことはなかったが、父の背中を見て安心感を覚えていた。

そんな父だが、酒を飲むと饒舌になった。

本来気の小さな人だったのかもしれない。

たまに同僚部下を家に連れてくることがあったが、本当にこれが父かと思うほど熱く語っていた。話の内容はもちろんわからないが、概ねいつも同じ。

「刑事とは」「落とすとは」「事件が生きているとは」「真実とは」「段取りとは」「被害者の気持ちとは」など、その後に続く内容はよく理解できなかったが、そんな断片的な言葉が耳についた。家族としては迷惑な時間だったが、店で話せる内容でないことは理解できた。

印象的だったのは、その場にいる誰もが真剣に語りあい、そして楽しそうだったことだ。なぜか最後は決まって一本締めでお開きになった。そんな拙い話を聞いていた彩花は
「刑事さんなんて凄いね。啓君はおまわりさんになろうと思わなかったの？」

実は、警察官の試験を受けたことがあった。高校三年生の時、父が願書を出した。もちろん父の影響もあって刑事には憧れていたが、いきなり高卒で警察官なんて、自信もなかったし全く考えられなかった。だが父は、試験に慣れるためだの何だのと理由を付け受験を勧めた。やはり息子にも警察官になってもらいたいのかと勝手に父の気持ちを汲んで受験した。しかし、勝手に父の気持ちを推し量るのではなく、ちゃんとその時父と話をすれ

ば良かった。刑事である父から直接話が聞ける機会だった。結果は、当たり前に不合格だった。父は何も言わなかったが、なんとなく父が寂しげにしている感じがした。不合格の結果より父と話をしなかったことを後悔した。

つらつらと彩花に父のことを話しているうちに「なぜ大学卒業時に警察官を選択しなかったのか」と思った。なぜか当時全く頭になかった就職先が警察だった。

彩花に父のことを話した後ずっと心から父と警察官そして刑事のことが頭から離れなかった。そして、年齢的にも今しかないと結論づけて、母と彩花に警察官になることを伝えた。母も彩花もなぜか同じ言葉をを口にした。

「本気？　危険な仕事だよ。あなたに出来るの？　大丈夫？」だった。

概ね予想通りの反応だったが、後押しとなった言葉も同じだった。

「反対しないし、やってみたら」だった。

二度目の受験はなんとか合格出来た。

警察学校に入校すると、思いのほか法律や行政と言った座学が多いことに戸惑い、厳しい規律に心が折れそうになった。ただ、年齢は様々だが同じ苦労を共にする同期生の存在が心を強くし、六か月を乗り切った。

学校を卒業して警察署に配属。最初は交番で見習い。見習いといっても制服を着ている以上一般の市民から見れば同じ警察官だ。街を歩くだけで緊張した。初めて職務質問をしたときは声が裏返った。初めて交通違反の切符を切ったときには手が震えた。実戦は一つ違った。経験を重ねて一人で現場を任されるようになる。交番の仕事は、地域の人達に一番身近な場所で活動をするので、自分の活動が警察全体の信頼に繋がることから緊張感を常に強いられる反面、一番地域の声も聞けて本当に楽しくやり甲斐もある仕事だ。しかし、それ以上に父と同じ刑事になりたい気持ちが強かった。警察署の刑事は、思った以上に大変だった。先輩刑事は

「どちらが被害者かわからないような事件もあるし、被害者からお礼を言われることもほとんどなし。書類作成も難しいし、休みも取れない、拘束時間も長い。だけど悪いやつを捕まえて、被害者が直接出来ない、取調べが出来るのは俺達しかいない。だから刑事になった」などと言った。

父の言葉を改めて聞いた気がした。同じ道を歩きたい。

五年後やっと刑事に登用された。父が生きていたら何と言っただろう。そして今、ある事件に携わっている。事件は生きていた。どうする。父ならどんな言葉をかけてくれるだろうか。アドバイスをくれるか「自分で考えろ」と叱られるか、とにかく無性に父と話をしたくなった。

はなさんとたけさん

伊藤　幸

六十年以上も前の話である。東海道新幹線も開通していなかった大昔、大阪しか知らない夫と静岡しか知らないわたしが初めて会って、その半年後に結婚式を挙げた。

時々、余り勝手なことばかり言う夫にあきれ果てて「もう別れてやる！」と何度となく思ったのだがその度に思い留まったのは、夫のおばあさんはなさんの存在だった。はなさんと一緒に暮らした五年余りの思い出だった。特にわたし達の長男光生を誰よりも可愛がってくれた沢山の思い出だった。

わたしがはなさんと初めて会ったのは、結婚話で大阪の実家を最初に訪ねた日だった。はなさんが何分にも高齢だった為、迎え入れる側が足を運ぶものらしいが、「東の方はお伊勢さん迄しか行ったことがないから、そんな遠くじゃ一人ではよう行かん。誰か親戚の人に行って貰うわ」というはなさんの言葉を受けてわたしの父が、「代理の人に静岡迄来て貰っても、式の話は出来ないでしょうし。秋に式を挙げるのなら、もう会場位決まっていてもおかしくない頃だから……。それではこちらから……」ということになって、両親とわたしの三人ではるばるやって来た時だった。その半月程前に、名古屋で当人二人の顔合わせは終わっていたのだが、全くの顔合わせだけで、話らしい話はしていなかった。○か×かただそれだけで結婚が決められた。半年後と時期が早まったのは、「年末頃に九州へ転勤になるらしいから、少し忙しいけれどそれ迄に大阪で簡単な式だけ挙げておきたい」という、完全に夫の一方的な都合からだった。幾ら呑気なわたしでも、こんな簡単に、こんな急いで、こんな知らない場所で、結婚してしまって良いのだろうかと思ったけれど、当時はお見合い結婚や紹介結婚も多く、まあ勤め先がしっかりしているから良いか……。一足早く結婚した友達は、「お見合いの時に親戚の人達迄来てずらっと並んでいたから、私は見られていると思って顔を上げられなかった。その次に会ったのは結婚式だもの……。結婚式の時はなお皆から見られているから、結婚相手の顔なんて恥ずかしくてとても見られないわ。式が終わってから初めて我が夫の顔をゆっくり見たのよ」と、写真で見た時よりちょっとだけましだったわと笑う。

その友達に比べればわたしは名古屋で一度だけ顔を見て来たからまあ良いか。第一印象は良くもなく悪くもなく、ごく普通。

身長が低過ぎるけれど、これは何も聞いていなかった。しかし身長が低すぎるから断ります、とはなかなか言えない。わたしに話を持って来てくれた人は、身長なんてどうでも良いと考えたのだろう。嘘を言ったわけではなく、こちらからも訊かなかったのだから、まあ仕方がない。先方にしても、もう少し色が白い方が良いとか、もう少し美人系を望むとか、お互いに自分の姿は見えないから好き勝手を言う。誰もがそこそこの我慢をするのが当たり前のことなのだろう。

お嫁に行くのなら思い切って遠くへ行きたいと思っていたから、大阪という地名にまず気持ちが動いた。しかもすぐに九州へ転勤になるのなら、九州は大阪よりもっと遠いから、どんな所かは知らないけれど丁度良いのかも知れない。

一応大人の目を何人か通過して、そこそこ釣り合う相手として話を持って来てくれるわけだから、そんなに大きく外れることはないだろう。まあこの辺で良いとしよう。

夫は既に父親を亡くしていて、母親はかなりの難聴だった。初対面の日も同席はしていたのだがどこ迄聞こえていたのか分からない。元々夫同様無口な人のようで、ただ黙って座っていた。

夫と母親のだんまりに対して全く正反対の、花が咲いたように明るいはなさんは、私達三人をするっと迎え入れて、いっぺんに疲れと緊張をほぐしてくれた。大声を出すわけでもなくお世辞を言うわけでもなく、初めて聞く本物らしい大阪弁でほわほわと楽しそうに話す。私達も以前から知っている人だと勘違いするほど、はなさんに対して良い印象を持った。

　この、歳を取って一回り小さくなったらしい七十代のおばあさん。当時の七十代は今の八十代位老けていたから、皺もいっぱいあって、歩くのもやっとだったけれど、わたしは何故か「この人とだったらきっと仲良くやっていける」夫をでなく、はなさんを見てそう思った。

　年内に九州へ転勤するかも知れないという話は、夫と同じように打診されていたもう一人の同僚に決まって、夫はそのまま大阪へ残った。結婚した年の年末は、遠い九州の社宅で、二人でのんびりしている筈だったのが、転勤の話が消えてしまったのでわたし達はそのまま、夫の実家へ同居し続けることになった。

　二年経って長男光生が生まれると、はなさんは一人で喜んでくれた。夫はさるの赤ちゃんみたいで、触ったら潰れてしまいそうで、どう扱って良いのか判らず手を出し難そうにしているのに、よぼよぼのはなさんは無暗に触りたがる。産んだわたしでさえ、まだ余りにも動物的で、それほど可愛いとは思えないのに、はなさんは可愛い、可愛いと言う。

　六十年前のその時は、はなさんがどうしてそんなに喜んでくれるのか不思議に思えたが、今、わたしも五人の曾孫を持って、あの時のはなさんの嬉しい気持ちが少し解った。

　間も無くわたしも向こう側へ行ってしまうけれど、その後を引き続いて生きていってくれる曾孫達が、愛おしくてならない。

たけさんはわたしが大阪へ来る迄、静岡で二十二年間ずっと一緒に暮らしていたもう一人のおばあさんで、仕事や、家事や、買い物や、付き合いで外出することの多い両親よりも、家の中には必ずたけさんが居て、たった一人の孫の私をいつも見守っていてくれた。言葉数は少なかったがぴったりわたしに張り付いていて、何もかも黙って受け入れてくれた。

たけさんに叱られた記憶は全くない。叱るどころかどこか褒めるところはないかといつも探しているようだった。少しでも褒められそうなところを見付けるとまず少し褒めて、まん丸い顔をお月さんのようににこにこした顔に変えた。わたしはたけさんのお月さんの顔が大好きだった。

死ぬ日が遠くから近付いて来る微かな音が
静かな日は
時として自分の耳に届くようになった
間も無くわたしも、はなさんや、たけさんや、光生の居る所へ行ける。
光生ははなさんと誰よりも仲良しだったことを、二つか三つの時だったからよく覚えていないかも知れない。わたしはしっかり見ていたから、向こうへ行ったら光生に話して聞かせよう。

その頃暮らしていた実家の二階から、わたしが光生の手を掴んでゆっくり階段を下りていくと、その音を聞いて下に居るはなさんが階段の下り口迄移動してきて、そのはなさんを見た光生が、まだ階段が一、二段ある所でわたしの手を振り払い、両手を前に突き出して、はなさん目掛けて身体ごと飛び込んでいく。小さくなったはなさんはこけるのを承知の上で受け止めて、二人できゃーきゃー言いながら転げ回る。

二人共、一番良い顔をしていたよ。

人生十人十色５

2023年４月30日　初版第１刷発行

編　者　「人生十人十色５」発刊委員会
発行者　瓜谷 綱延
発行所　株式会社文芸社
〒160-0022 東京都新宿区新宿1－10－1
電話 03-5369-3060（代表）
03-5369-2299（販売）

印刷所　株式会社晃陽社

ISBN978-4-286-30058-0

料金受取人払郵便

新宿局承認

7553

差出有効期間
2024年1月
31日まで
（切手不要）

郵便はがき

1 6 0-8 7 9 1

1 4 1

東京都新宿区新宿1－10－1

(株)文芸社

愛読者カード係 行

お名前《ふりがな》		明治　大正 昭和　平成　　年生　　歳	
ご住所《ふりがな》	□□□-□□□□	性別 男・女	
お電話番号	（書籍ご注文の際に必要です）	ご職業	
E-mail			
ご購読雑誌（複数可）		ご購読新聞 新聞	

最近読んでおもしろかった本や今後、とりあげてほしいテーマをお教えください。

ご自分の研究成果や経験、お考え等を出版してみたいというお気持ちはありますか。

ある　　ない　　内容・テーマ（　　　　　　　　　　　　　　　　　）

現在完成した作品をお持ちですか。

ある　　ない　　ジャンル・原稿量（　　　　　　　　　　　　　　　　　）

書　名			
お買上 書　店	都道　　市区 府県　　郡	書店名	書店
		ご購入日	年　月　日

本書をどこでお知りになりましたか?

1.書店店頭　2.知人にすすめられて　3.インターネット(サイト名　　　)

4.DMハガキ　5.広告、記事を見て(新聞、雑誌名　　　)

上の質問に関連して、ご購入の決め手となったのは?

1.タイトル　2.著者　3.内容　4.カバーデザイン　5.帯

その他ご自由にお書きください。

(　　　)

本書についてのご意見、ご感想をお聞かせください。

①内容について

②カバー、タイトル、帯について

弊社Webサイトからもご意見、ご感想をお寄せいただけます。

ご協力ありがとうございました。

※お寄せいただいたご意見、ご感想は新聞広告等で匿名にて使わせていただくことがあります。

※お客様の個人情報は、小社からの連絡のみに使用します。社外に提供することは一切ありません。